U0055669

快樂鬧學去

三毛

Echo Legacy

而我們又想起了妳。

—總編的話—

像沙漠裡吹來的一陣風，像長夜裡恆常閃耀的星光，像繁花盛放不問花期，像四季更迭卻不曾遺忘各自的美麗。是三毛，她將她自己活成了最生動的傳奇。是三毛筆下的故事，豐盛了我們那一片枯槁的心田。

三十年了，好像只是一轉眼，而一轉眼，她已經走得那麼遠，遠到我們的想念蔓延得越來越深邃。

是這樣的想念，驅使我們重新出版「三毛典藏」，我們將透過全新的書封裝幀，吸引更多讀者走進三毛的文學世界。「三毛典藏」一共十一冊，集結了三毛創作近三十年的點點滴滴：《撒哈拉歲月》記錄了她住在撒哈拉時期的故事，《稻草人的微笑》收錄她從沙漠搬遷到迦納利群島前期，與荷西生活的點點滴滴。《夢中的橄欖樹》則是她在迦納利群島後期的故事，她追憶遠方的友人，並抒發失去摯愛荷西的心情。

除此之外，還有《快樂鬧學去》，收錄了三毛從小到大求學的故事。《流浪的終站》裡的三毛回到了台灣，她寫故鄉人、故鄉事。《心裏的夢田》收錄三毛年少的創作、對文學藝術的評論，以及最私密的心靈札記。《把快樂當傳染病》則收錄三毛與讀者談心的往返書信，《奔走在日光大道》記錄她到中南美洲及中國大陸的旅行見聞。《永遠的寶貝》則與讀者分享她最心愛、最珍惜的收藏品，以及她各時期的照片精選。《請代我問候》是她寫給至親摯友的八十五封書信，《思念的長河》則收錄她所寫下的雜文，或抒發真情，或追憶過往時光。

她所寫下的字字句句，我們至今還在讀，那是一場不問終點的流浪，同時也是恆常依戀的鄉愁。三毛曾經這樣寫：「我願將自己化為一座小橋，跨越在淺淺的溪流上，但願親愛的你，接住我的真誠和擁抱。」親愛的三毛，這一份真誠，依然明亮，這一個擁抱，依然溫暖。如果我們的眷戀有回聲，如果我們依然對遠方有所嚮往，如果我們對萬事萬物保有好奇——那也許只是因為，我們又想起了妳。

—導讀—

三毛傳奇與三毛文學。

明道大學中文系講座教授　陳憲仁

三毛寫作甚早，年輕時即曾在《現代文學》、《皇冠》、《中央副刊》、《人間副刊》、《幼獅文藝》等發表文章。但真正踏上寫作之路，應該是一九七四年與荷西在西屬撒哈拉沙漠結婚後，寫下一系列「沙漠故事」才算開始。

三毛的《撒哈拉歲月》是中文世界裡，首次以神秘的撒哈拉沙漠為背景的作品，對於長期蟄居在台灣島國的人，無異開啟了寬闊的視野，加上她的文筆幽默生動，內容豐富有趣，從第一篇〈沙漠中的飯店〉發表之後，即造成轟動，後來更掀起了巨浪般的「三毛旋風」。

一九七九年十月至十二月，《讀者文摘》在澳洲、印度、法國、瑞士、西班牙、葡萄牙、墨西哥、南非、瑞典等國以十五種語言刊出三毛的〈一個中國女孩在沙漠中的故事〉；《撒哈拉歲月》這本書的翻譯本，一九九一年有日文版；二〇〇七年有大陸版；二〇〇八年有韓文版；二〇一六年有西班牙文版及加泰隆尼亞文版；二〇一八年有波蘭文；二〇一九年有荷蘭文、英文、義大利文、緬甸文；二〇二〇年有挪威文。另外，個別篇章也有越南文、法文、捷克文等譯文相繼出現，可見三毛作品在國際間確有一定的分量。

大家提到三毛，想到的可能都是她寫的撒哈拉沙漠故事的系列文章，其實三毛一生的作品，包括小說、散文、雜文、隨筆、書信、遊記等有十八本，翻譯四種，有聲書三冊，歌詞錄音帶三捲，電影劇本一部。體裁多樣，篇數繁多，顯現她的創作力不僅旺盛，且觀照範圍遼闊。

在三毛過世三十年之際，我們回顧三毛作品，重讀三毛作品，可以以文學的角度、文學的樂趣來閱讀、來發現，則三毛作品中優秀的文學特性，如對人的關懷與巧妙的文學技巧，將能處處顯現。

我們看《撒哈拉歲月》裡，三毛寫〈沙巴軍曹〉的人性光輝：一位西班牙軍曹，因為弟弟在西班牙軍人被撒哈拉威人大屠殺的慘案中死了，仇恨啃咬了十六年的人，卻在一群撒哈拉威孩子誤觸爆裂物、面臨最危急的時候，用自己的生命撲向死亡，去換取他一向視作仇人的撒哈拉威孩子的性命。

又如〈啞奴〉，三毛不惜筆墨，細細寫黑人淪為奴隸的悲劇，寫其善良、聰明、能幹、愛家愛人，對於身處這樣環境下的卑微人物，三毛流露了高度的同情，也寫出了悲憤的人道抗議。

再如〈哭泣的駱駝〉，書寫西屬撒哈拉原住民——撒哈拉威人爭取獨立的努力與困境，呈現其命運的無奈、情愛的可貴，著實令人泫然！

而在中南美洲旅行時，她對市井小民的記述尤多，感嘆更深，哀傷更巨。當進入貧富差距大、人民生活困苦的國家，她的哀感是「青鳥不到的地方」；當她在教堂前面看到：一位中年男人、白髮老娘、二十歲左右的青年、十幾歲的妹妹，都用膝蓋在地上向教堂爬行，慢慢移動，全家人的膝蓋都已磨爛了，只是為了虔誠地要去祈求上天的奇蹟。

「看著他們的血跡沾過的石頭廣場，我的眼淚迸了出來，終於跑了幾步，用袖子壓住了眼睛。坐在一個石階上，哽不成聲。」

凡此，均見三毛為人，富同情心，具悲憫之情，對於苦痛之人、執著之人，常在關懷之中，她與人同生共活、喜樂相隨、悲苦與共。

三毛作品的佳妙處，當然不只特異的題材內容，不只流露的寬闊胸懷，還有她巧妙的寫作技巧。

我們看她的敘述能力、描寫功夫，都是讓人讀來，愛不釋手的原因。就以三毛自己很喜歡的《撒哈拉歲月．荒山之夜》為例，這篇文章寫三毛與荷西到沙漠尋寶，荷西出了意外，陷入沼澤中，三毛憑著機智與勇氣救出荷西。其文學技巧高妙處，約略言之，即有如下數端：

一、伏筆照應：

三毛把荷西從泥沼中救出來的東西「長布帶子」，是因為她穿了「拖到腳的連身裙」，才能將「長裙割成長布帶子」；荷西上岸後免於凍死，是因三毛出門時「順手拿了一個皮酒壺」。當後面出現這些情節，看到這些東西時，我們才恍然大悟，為什麼前面作者要描寫穿的衣服及順手抓起的東西？這種「草蛇灰線」的技巧，三毛作品中，隨處可見。

二、氣氛鋪陳：

當三毛與荷西的車子一進入沙漠，兩人的談話一再出現「死」字、「鬼」字，如：「上次幾個嬉皮怎麼死的？」、「死寂的大地像一個巨人一般躺在那裡，它是猙獰而又凶惡的。」、「我在想，總有一天我們會死在這片荒原裡」、「鬼要來打牆了。心裡不知怎的覺得不對勁」。

成功的營造氣氛，不僅讓讀者有身歷其境的感覺，也是作品成功的要件。

三、高潮迭起：

三毛善於說故事，故事的精采則奠基於「高潮迭起」。〈荒山之夜〉即是這樣的作品，高潮與低潮不斷的湧現：三毛數度找到救星，卻把自己陷入險境；荷西數度陷入死亡絕境，卻又次次絕處逢生。情節緊扣，讓人目不暇給，喘不過氣。

三毛作品除了「千里伏線」、「氣氛鋪陳」、「高潮起伏」等技巧之外，還有一項「情景交融」，運用得更好更妙，像：

〈娃娃新娘〉，出嫁時的景象：「遼闊的沙漠被染成一片血色的紅」，象徵即將面臨的婚姻暴力。

〈荒山之夜〉，荷西陷在泥沼裏，「沉落的太陽像獨眼怪人的大紅眼睛，正要閉上了」，平添蠻荒詭異的色彩。

〈哭泣的駱駝〉，三毛眼見美麗純潔的沙伊達被凌辱致死，無力救援，「只聽見屠宰房裡駱駝嘶叫的悲鳴越來越響，越來越高，整個天空，漸漸充滿了駱駝們哭泣的巨大的迴聲」，以強烈的聽覺意象取代情感的濃烈表達。

三毛這些「以景襯情」的描寫，處處可見可感，如：

一、寫喜：

「漫漫的黃沙，無邊而龐大的天空下，只有我們兩個渺小的身影在走著，四周寂寥得很，沙漠，在這個時候真是美麗極了。」

這是〈結婚記〉兩人走路去結婚的畫面，廣角鏡頭下的兩個渺小身影，襯出廣大的天地，世界是兩人的。此時的愉快心情，完全不必說。筆觸只寫沙漠「美麗極了」，正是內心美麗極了的「境由心生」，同時也是「以景襯情」的寫法。

二、寫愛：

〈愛的尋求〉，「燈亮了，一群一群的飛蟲馬上撲過來，牠們繞著光不停的打轉，好似這個光是牠們活著唯一認定的東西。」

三、寫驚：

〈哭泣的駱駝〉，當三毛知道沙伊達是游擊隊首領的妻子時，那種震驚，「黃昏的第一陣涼風，將我吹拂得抖了一下。」

四、寫懼：

（三毛聽完西班牙軍隊被集體屠殺的恐怖事件後）「天已經暗下來了，風突然厲裂的吹拂過來，夾著嗚嗚的哭聲，椰子樹搖擺著，帳篷的支柱也吱吱的叫起來。」

五、寫悲：

〈哭泣的駱駝〉，（三毛想到她的朋友撒哈拉威游擊隊長被殺的事件）「打開臨街的木板窗，窗外的沙漠，竟像冰天雪地裡無人世界般的寒冷孤寂。突然看見這沒有預期的淒涼景致，我吃了一驚，癡癡的凝望著這渺渺茫茫的無情天地，忘了身在何處。」

六、寫哀：

〈哭泣的駱駝〉，沙伊達被殺的地方是殺駱駝的屠宰房。「風，在這一帶一向是厲洌的，即使是白天來亦使人覺得陰森不樂，現在近黃昏的尾聲了，夕陽只拉著一條淡色的尾巴在地平線上弱弱的照著。」

三毛傳奇，一直是許多人津津樂道和念念不忘的。在三毛去世之後，兩岸也出現了不少三毛相關的傳記，足見她的魅力和影響歷久不衰，甚至於近年來，學院中亦陸續有以三毛為題的研究論文出爐，三毛作品的文學價值漸受重視，此刻回思瘂弦〈百合的傳說〉中說過的話：「紀念三毛最好的方式，還是去研究她的作品。」、「研究她特殊的寫作風格和美學品質，研究她強烈的藝術個性和內在生命力，才是了解三毛、詮釋三毛最重要的途徑。」相信，《三毛典藏》的出版，帶給大家的正是這樣的方向與契機！

三毛二三事。

三毛家人

「三毛」並不存在

在我們家中，「三毛」並不存在。

爸爸媽媽和大姐從小就稱呼她為「妹妹（ㄇㄟˋㄇㄟˊ）」；兩個弟弟喊她「小姐姐」；在姪輩的心中，她是一個稀奇古怪但是很好玩的「小姑」。

「三毛」這個名字從民國六十三年開始在《聯合報》出現，那些甚至連「三毛」的家人都沒經歷過的撒哈拉沙漠生活，讓我們的「妹妹」、「小姐姐」、「小姑」頓時成了大家的「三毛」；但即使在她被廣大讀者接受後的七十年代，家中仍然沒有「三毛」這個稱呼，大家一切如常，仍然是「妹妹」、「小姐姐」。儘管父母親實在以這個女兒為榮，但家人在外從來不會主動表示「三毛」是我的誰。記憶中，母親偶爾會在書店一邊翻閱女兒的書，一邊以讀者的身分問店家：「三毛的書好不好賣啊？」每當答案是肯定的，她總會開心的抿嘴而笑，再私下買兩三本三毛的書，自我捧場。父親則是有一次獨自偷偷搭火車，南下聽女兒在高雄文化中心的演講，到會場時發現早已滿座，不得其門而入，於是就和數千人一起坐在館外，透過擴音器聽女兒的聲音，結束後再帶著喜悅默默的搭火車回台北。

父親還會做一件事，就是幫女兒整理信件。當時小姐姐在文壇上似乎相當火熱，各地讀者雪片般的信件每月均有數百封。一開始，三毛總是一一親自閱讀，但到後來讀者來信實在太多，對身體不好的三毛成為極大的負擔；不回，則辜負了支持她的讀者的美意，一一回信，簡直不可能。於是父親就利用其律師工作之餘，每天花三四小時幫小姐姐拆信、閱讀、整理、分類、貼標籤，再寫上註記，標明哪些是要回的、哪些是收藏的。十多年來甘之如飴，這是父親用行動表示對女兒的愛護。而這十幾大箱讀者的厚愛與信中藏著的喜怒悲歡，已在小姐姐葬禮中全部火化讓她帶走。

「三毛」是她的光圈，但在我們看來，那些名聲對她而言似乎都無所謂。她的內在一直是陳平，一個誠實做自己、總是帶著點童趣的靈魂。她走過很多地方，積累了很多豐富的經歷，但也因為這些經歷、辛苦和離合，她的靈魂非常漂泊。對三毛的好朋友們、三毛的讀者，和身為三毛家人的我們來說，我們各自或許都看到了、理解了、感受了某一個面向的三毛，但又沒有人能真正看透全部的她。因此我們各自保有對她不同的記憶，用各自的方式想念她。這些記憶或許看似瑣碎，但是對我們來說，是家人間最平凡也最珍貴的回憶。在此身為家人的我們，願意和大家分享這些記憶，做為我們對她離開三十年的懷念。

從小就不同

「小姐姐」在我們家是一個說故事的高手。三十多年了，關於她，我們家人總有一個鮮明的印象：吃完晚飯後，全家人齊坐客廳，小姐姐把頭髮往上一紮，雙腿盤坐，手上拿一大罐面霜，一邊塗臉按摩，一邊「開講」她遊走各地的事。這些在一般人說來平凡無奇的經歷，從她口中講來則是精采絕倫，把我們唬得一愣一愣的。所以小姐姐總說自己是「說故事的人」，不是作家。

其實三毛從小就顯現她與眾不同的特點，譬如有一次她向母親討了點錢，去買了一支當時非常貴的馬頭牌花生口味的冰棒，然後抓著姐姐到離家不遠的一個山洞（防空洞）裏，把冰棒慎重的放到鐵盒做的香煙罐裏，說：「這裏涼涼的冰棒不會化，明年夏天我們就還有冰棒可以吃啊！」第二年的夏天，姐妹倆真的手牽手回到山洞裏，把已經發黃鏽掉的鐵罐挖出來，一打開，哇！只有黃黃濁濁的水。這是她從小可愛的一面，而這份童真在她一生中都沒有消逝。

另外當時我們重慶的大院子裏有個鞦韆，是她們姐妹倆喜歡去的地方。但因為院裏埋著一些墳墓，於是每到天黑姐姐便拉著妹妹想回家。但三毛從小膽子便大得很，總是在鞦韆上盪啊跳的，非摸黑不肯走。除了善良、憐憫、愛讀書，小姐姐同時勇敢、無懼又有反抗心，從小就很有想法，四個手足中，似乎只有她一個是翻轉著長的。她後來沒去上學，現在回想起來，在那個小小的年紀裏，我們自己對人生的態度已經不自覺的顯現出來了。

一切憑感覺

熟悉她的讀者或許記得，三毛曾在沙漠用棺材板做沙發。有時候想想，這個能用棺材板和輪胎把家裏布置得美輪美奐的女人是我的姐姐、陳家的女兒，我們都覺得不可思議。因為回到台灣以後她與爸媽同住，一間不到五坪大的房間，除了書桌、書架和床之外，一切可說非常簡單。但是在她自購的小公寓可就不一樣了，這個位在頂樓不大的鳥居，屋內所見幾乎全部是竹木製：木製牆面、木桌、木鳥籠（裏面裝著戴嘉年華面具的小丑）、竹籐沙發。對我們兄弟姐妹還有我們的小孩來說，那裏是個很特別的地方，完全散發著她個人獨特的美感。

除了家居布置，小姐姐手也非常巧，很會照顧身邊的人，和荷西在一起，可以把他養得白白胖胖，讓他天天想著吃「雨」（粉絲）。但對她自己來說，「吃東西」是非常無所謂且不重要的事，尤其在她專注寫作的時候。她在台北的家有冰箱，但常是空的。她工作起來可以沒日沒夜不吃飯不睡覺，所以我們家人經常買點牛奶、麵包、香腸、牛肉乾、泡麵放在裏面。記得有一次我們去看她，一打開冰箱，裏面空空蕩蕩，只有一條已經咬過幾口的生香腸。我們都大驚失色：「這是妳咬的嗎？」她說：「是啊！肚子餓了嘛！」

另一個她較不在意的便是金錢。小姐姐儘管文章常上雜誌報紙，但是稿費這部分，她一律不管，全部交給母親打理。她常說「我需要的不多」。事實也是如此，她最常穿的是一套牛仔工裝吊帶褲，塑膠鞋和球鞋，高跟鞋是很少上腳的。

不為人知的「能力」

在家中，基本上父母親是不喝酒的，即使應酬，也只是沾唇而已。但是這個二女兒不知是否得了祖父或外祖父的遺傳，她可以喝一整瓶白蘭地或威士忌不會醉倒。但她並不常喝，除非找到能一起說話的朋友。至於煙，小姐姐倒是抽得兇，每次去老家巷口的家庭式洗頭店，總是一邊說故事給老闆娘和其他客人聽，一邊手上一根根的抽，一個小時下來，可以抽上十來根，寫作的時候亦是如此。她抽煙總是用火柴而不用打火機，為的是燒火柴時那股「很好聞，有硫磺的味道」，同時燒火柴時「有火焰，有煙會散開，感覺很棒！」對她來說，火柴是記憶的一部分，會幫她增加靈感。

三毛記憶力很好，而這份記憶力或許在語言上也對她助益頗深。我們家父母親彼此說的是寧波話與上海話，到台灣以後，小姐姐日常說的是國語，但和二老講話時則換回這兩種語言。出生在四川的她除了四川話頗為流利，日後又和與她很親近的打掃阿姨學了純正的台灣話，完全不帶一點外省口音。她在台灣的日商公司短暫幫忙的日子中粗通了日文，並在出國後把西班牙文、英文、德文也統統收到自己的百寶箱中。中文和西班牙文是她這九種語言中最精通的兩種，每當父親有歐美的客戶或友人來台時，三毛總會幫著父親，讓大家賓主盡歡。

充滿愛的小姐姐

小姐姐一輩子流浪的過程中，或許都在尋找一份心裏的平安和篤定，好不容易有了荷西，他卻又撒手中途離去。除了荷西，小姐姐也很愛她的朋友們。三毛對朋友基本上無分男女、國籍、社會地位、有學問沒學問、知名不知名，一旦當你是朋友，她就拿心出來對你。她笨笨的、不會說捧人的話，但是對人絕對真誠，而且對不足的人特別的關心。她有很多很多的好朋友，而這些朋友對三毛的生命造成或大或小的影響。

不過她似乎習慣四處流浪，她說：「不要問我從哪裏來。」於是有了〈橄欖樹〉。當這首膾炙人口的歌不斷被翻唱之際，身為家人的我們除了為她驕傲，也為她心疼。她流浪的遠方不是一個我們能觸及的地方，但也因為是家人，我們比旁人更能看到她的快樂、傷痛和辛苦。另外一首最能代表她年輕的心情的歌則屬〈七點鐘〉，由三毛作詞，李宗盛作曲，描述年輕時約會的心情。詞裏寫道：「鈴聲響的時候，自己的聲音那麼急迫，是我是我是我……是我是我是我……」是啊！這就是我的小姐姐，這樣的小姐姐。

不再漂泊

對很多讀者來說，「三毛」，這個像吉普賽人的女子變魔術一樣的來到人間，寫下一篇篇故事，然後又像變魔術一般的離開。三十年了，三毛仍在你們的記憶中嗎？

在我們家中，「三毛」不存在，但是三十年前的那天，父母親和大姐口中的「妹妹（ㄇㄟˇ ㄟ

ㄇㄟˊ）」，我和我哥哥的「小姐姐」，走了。

我們很想念她。

儘管，我們不敢說真的完全理解她（畢竟誰又能真的理解誰），但是她非常愛我們，我們也非常愛她，對於家人的我們來說，足矣。對於她的驟然離世，父親有一段話，他說：「生命的結束，是一種必然，早一點晚一點而已，至於結束的方式就不那麼重要了。妹妹的離開，做父母親的固然極度的悲傷、痛心、難過、不捨，但是她的離開是我們人生的一部分，我們只能接受這個事實。妹妹豐富的一生高低起伏，遭遇大風大浪，表面是風光的，心裏是苦的。幸虧有家人和朋友的關懷，不然可能更早就走了。她曾經把愛散發給許多朋友，也得到很多回報，我們讓她好好的平靜的安息吧。」

如果有另一個世界，親愛的小姐姐，希望妳不再漂泊。

給小姐姐的一封信。

三毛弟弟 **陳傑**

小姐姐：

離開我們至今，已經三十個年頭了，還是很想念妳！每年都會去墓園跟妳和爹爹姆媽說說話，墓前總有不知名的讀者為妳獻上一束花；妳寫的故事，在一九七四年代後的二十年間，滿受讀者喜歡；本來想，一個人的盛名，總有凋零的一天，可是這麼多年過去，妳的書以及透過妳眼下看到的世界，反而在華文以外的國家開始受到矚目；除了不少國家詢問相關出版事宜，紐約時報、英國BBC廣播公司所出的雜誌，還有Google都推文介紹「三毛」這位華人作者；然而以妳的個性來看，可能有點煩吧？妳從來都不是在意虛名或是耐煩生活瑣事的人，妳一直以來找尋的，總是靈魂的平安和滿足。身為弟弟的我，時不時想著，這些妳走過一生的紀錄，不如就讓它隨風而逝吧！只願妳與荷西在另一個時空裏，不受打擾地繼續兩人的愛戀情懷，這樣也好；世間事留給我們來處理，不去麻煩妳了。

二〇一八年，在妳與荷西結婚四十四年後，我們陳家人終於遠赴西班牙，拜訪了荷西一家人，這個緣分遲了幾乎半個世紀方才達成。荷西家人對我們很親切，為了一對離世的佳偶，兩家人將這個未嘗會面的缺口，補成一個圓滿的圓；從未到過西班牙的我們，儘管語言不通，透過比手畫腳、翻譯和老照片，兩家人在彼此的分享中，似乎又對妳與荷西的生命更了解了一些，就像是一本書的補遺，由於多了幾行字句，因而讓內容又變得圓滿了些。這樣的相見，是陌生但又溫暖的。我們兩家人不熟稔，但共同擁有一份思念。

另外和妳報告一下，我們也飛到大迦納利島和 La Palma 島，追憶妳和荷西曾經擁有的小房子，當地旅遊局特別在荷西潛水過世的地方，做了一個紀念雕塑，還出版了一本《橄欖樹與梅花》的書，來紀念妳這位異國女子在當地的生活片羽。這個曾在妳心中劃下深刻的快樂與苦澀的地方，現在它也把妳的面容永遠收藏了起來。在台灣，國立台灣文學館收藏了很多妳留下來的文物，並出了一本《三毛研究彙編》收集別人對妳的分析；在大陸，妳思之念茲的浙江舟山小沙鄉多年來做了很多與三毛有關的活動，像是「三毛祖居紀念館」、「三毛文學獎」等，還種植了橄欖樹林。四川重慶二〇一九年也設立了「三毛故居」，這些林林總總紀念三毛的方式，讓我們有點應接不暇，感恩但也疲於奔波。小姐姐，妳在乎嗎？天上與人間的想法也許是兩極的，但希望妳知道，不管是過去現在還是未來，我們家人總是以妳為榮，總是想保護妳，希望妳是歡喜的。爹爹姆媽在世時，也都感受到妳帶給他們的喜樂，挺好的。

妳的伯樂——平鑫濤先生也到天上去看妳了，要謝謝他的賞識，把三毛從殘酷的撒哈拉沙漠中挖掘出來，在世間成為一朵亮眼出眾的花；妳曾經對大姐說過：「姐姐，我的一生活得比妳精采十倍」，確是這樣；妳這顆「撒哈拉之心」，明亮過，消逝了，足以對世間說：好了，對嗎！

三十年，一個世代的過去，人們還記得這位第一個踏上撒哈拉沙漠的華人奇女子否？妳的一篇篇故事在他們心中還有回憶嗎？妳把生命都放下了，那些世間事何足留念，不必，不必，在天上再去做個沙漠新娘，讓自己開心一下，好嗎！

目錄

逃學為讀書。

兩年多以前的夏天，我回國去看望久別的父母，雖然只在家裏居住了短短的兩個月，可是該見的親友卻也差不多見到了。

在跟隨父母拜訪長一輩的父執時，總有人會忍不住說出這樣的話來：「想不到那個當年最不愛念書的問題孩子，今天也一個人在外安穩下來了，怎不令人欣慰呢！」

這種話多聽了幾遍之後，我方才驚覺，過去的我，在親戚朋友之間，竟然留下了那麼一個錯誤的印象，聽著聽著，便不由得在心裏獨自暗笑起來。

要再離家之前，父親與我擠在悶熱的貯藏室裏，將一大盒一大箱的書籍翻了出來，這都是我初出國時，特意請父親替我小心保存的舊書，這一次選擇了一些仍是心愛的，預備寄到遙遠的迦納利群島去。

整理了一下午，父親累得不堪，當時幽默的說：「都說妳最不愛讀書，卻不知煩死父母的就是一天一地的舊書，倒不如統統丟掉，應了人家的話才好。」

說完父女兩人相視而笑，好似在分享一個美好的秘密，樂得不堪。

算起我看書的歷史來，還得回到抗戰勝利復員後的日子。那時候我們全家由重慶搬到南京，居住在鼓樓，地址叫「頭條巷四號」的一幢大房子裏。我們是浙江人，伯父及父親雖然不替政府機關做事，戰後雖然回鄉去看望過祖父，可是，家仍然定居在南京。

在我們這個大家庭裏，有的堂兄姐念中大，有的念金陵中學，連大我三歲的親姐姐也進了學校，只有我，因為上幼稚園的年紀還不夠，便跟著一個名叫蘭瑛的女工人在家裏玩耍。那時候，大弟弟還是一個小嬰兒，在我的記憶裏，他好似到了台灣才存在似的。

帶我的蘭瑛本是個逃荒來的女人，我們家原先並不需要再多的人幫忙，可是因為她跟家裏的老僕人，管大門的那位老太太是親戚，因此收留了她，也收留了她的一個小男孩，名叫馬蹄子。

白天，只要姐姐一上學，蘭瑛就把我領到後院去，叫馬蹄子跟我玩。我本來是個愛玩的孩子，可是對這個一碰就哭的馬蹄子實在不投緣，他又長了個癩痢頭，我的母親不知用什麼白粉給他擦著治，看上去更是好討厭，所以，只要蘭瑛一不看好我，我就從馬蹄子旁邊逃開去，把什麼玩具都讓給他，他還哭。

在我們那時候的大宅子裏，除了伯父及父親的書房之外，在二樓還有一間被哥哥姐姐稱做圖書館的房間，那個地方什麼都沒有，就是有個大窗，對著窗外的梧桐樹。房間內，全是書。

大人的書，放在上層，小孩的書，都在伸手就夠得到的地板邊上。

我因為知道馬蹄子從來不愛跟我進這間房間，所以一個人就總往那兒跑，我可以靜靜的躲到蘭瑛或媽媽找來罵了去吃飯才出來。

當時，我三歲吧！

記得我生平第一本看的書，是沒有字的，可是我知道它叫《三毛流浪記》，後來，又多了一本，叫《三毛從軍記》，作者是張樂平。

我非常喜歡這兩本書，雖然它的意思可能很深，可是我也可以從淺的地方去看它，有時笑，有時嘆息，小小的年紀，竟也有那份好奇和關心。

「三毛」看過了。其他凡是書裏有插圖畫的兒童書，我也拿來看看。記得當時家裏有一套孩子書，是商務印書館出的，編的人，是姐姐的校長，鼓樓小學的陳鶴琴先生，後來我進了鼓樓幼稚園，也做了他的學生。

我在那樣的年紀，就「玩」過《木偶奇遇記》、《格林兄弟童話》、《安徒生童話集》，還有《愛的教育》、《苦兒尋母記》、《愛麗絲漫遊仙境》……許多本童話書，這些事，後來長大了都問過父親，向他求證，他不相信這是我的記憶，硬說是堂兄們後來在台灣告訴我的，其實我真沒有說謊，那時候，看了圖畫、封面和字的形狀，我就拿了去問哥哥姐姐們，這本書叫什麼名字，這小孩為什麼畫他哭，書裏說些什麼事情，問來問去，便都記住了。

所以說，我是先看書，後認字的。

有一日，我還在南京家裏假山堆上看桑樹上的野蠶，父親回來了，突然拿了一大疊叫做金元券的東西給我玩，我當時知道它們是一種可以換馬頭牌冰棒的東西，不禁嚇了一跳，一看姐姐，手上也是一大疊，兩人高興得不得了，卻發現家中老僕人在流淚，說我們要逃難到台灣去了。

逃難的記憶，就是母親在中興輪上吐得很厲害，好似要死了一般的躺著，我心裏非常害怕，想幫她好起來，可是她無止無境的吐著。

在台灣，我雖然年齡也不夠大，可是母親還是說動了老師，將我和姐姐送進國民學校去念書，那時候，我已經會寫很多字了。

我沒有不識字的記憶，在小學裏，拼拼注音、念念國語日報，就一下開始看故事書了。

當時，我們最大的快樂就是每個月《學友》和《東方少年》這兩本雜誌出書的時候，姐姐也愛看書，我不懂的字，她會教，王爾德的童話，就是那時候念來的。

初小的國語課本實在很簡單，新書一發，我拿回家請母親包好書皮，第一天大聲朗讀一遍，第二天就不再新鮮了。我甚至跑去跟老師說，編書的人怎麼不編深一點，把我們小孩子當傻瓜，因為這麼說，還給老師罵了一頓。

《學友》和《東方少年》好似一個月才出一次，實在不夠看，我開始去翻堂哥們的書籍。在二堂哥的書堆裏，我找出一些名字沒有聽過的作家，叫做魯迅、巴金、老舍、周作人、郁達夫、冰心這些字，那時候，才幾歲嘛，聽過的作家反而是些外國人，《學友》上介紹來的。

記得我當時看了一篇大概是魯迅的文章，叫做〈風箏〉，看了很感動，一直到現在還記得內容，後來又去看《駱駝祥子》，便不大看得懂，又看了冰心寫給小讀者的東西，總而言之，那時候《國語日報》不夠看，一看便看完了。所以什麼書拿到手來就給吞下去。

有一日大堂哥說：「這些書禁了，不能看了，要燒掉。」什麼叫禁了，也不知道，去問母親，她說「有毒」，我嚇了一大跳，看見哥哥們蹲在柚子樹下燒書，我還大大的吁了口氣，這才放下心來。

又過了不知多久，我們住的地方，叫做朱厝崙的，開始有了公共汽車，通車的第一天，全家人還由大伯父領著去坐了一次車，拍了一張照片留念。

有了公車，這條建國北路也慢慢熱鬧起來了，行行業業都開了市，這其中，對我一生影響最大的商店也掛上了牌子——建國書店。

那時候，大伯父及父親千辛萬苦帶了一大家人遷來台灣，所有的一些金飾都去換了金元券給流掉了，大人並沒有馬上開業做律師，兩房八個孩子都要穿衣、吃飯、念書，有的還要生病。我現在想起來，那時候家裏的經濟情形一定是相當困難的，只是我們做孩子的並不知覺而已。

當我發現「建國書店」是一家租書店的時候，一向很聽話的我，成了個最不講理的孩子，我無止無休的纏住母親要零錢。她偶爾給我錢，我就跑去書店借書。有時候母親不在房內，我便去翻她的針線盒、舊皮包、外套口袋，只要給我翻出一毛錢來，我就往外跑，拿它去換書。

「建國書店」實在是個好書店，老闆不但不租低級小說，他還會介紹我和姐姐在他看來不錯的書，當時，由趙唐理先生譯的，勞拉·英格兒所寫的全套美國移民西部生活時的故事書——《森林中的小屋》、《梅河岸上》、《草原上的屋》、《農夫的孩子》、《銀湖之濱》、《黃金時代》這些本關聯的故事簡直看瘋了我。

那時候，我看完了「建國書店」所有的兒童書，又開始向其他的書籍進攻，先是《紅花俠》，後是《三劍客》，再來看《基度山恩仇記》，又看《唐·吉訶德》。後來看上了《飄》，再來看了《簡愛》、《琥珀》、《傲慢與偏見》、《咆哮山莊》、《雷綺表姐》……我跌入這一道洪流裏去，癡迷忘返。

春去秋來，我的日子跟著小說裏的人打轉，終於有一天，我突然驚覺，自己已是高小五年級的學生了。

父母親從來沒有阻止過我看書，只有父親，他一再擔心我那種看法，要看成大近視眼了。奇怪的是，我是先看外國譯本後看中國文學的，我的中文長篇，第一本看的是《風蕭蕭》，後來得了《紅樓夢》已是五年下學期的事情了。

我的看書，在當時完全是生吞活剝，無論真懂假懂，只要故事在，就看得下去，有時看到一段好文章，心中也會產生一絲說不出的滋味來，可是我不知道那個字原來叫做「感動」。

高小的課程原先是難不倒我的，可是算術加重了，雞兔同籠也來了，這使得老師十分緊張，一再的要求我們演算再演算，放學的時間自然是晚了，回家後的功課卻是一日重於一日。

我很不喜歡在課堂上偷看小說，可是當我發覺，除了這種方法可以搶時間之外，我幾乎被課業迫得沒有其他的辦法看我喜歡的書。

記得第一次看《紅樓夢》，便是書蓋在裙子下面，老師一寫黑板，我就掀起裙子來看。

當我初念到寶玉失蹤，賈政泊舟在客地，當時，天下著茫茫的大雪，賈政寫家書，正想到寶玉，突然見到岸邊雪地上一個披猩猩大紅氅、光著頭、赤著腳的人向他倒身大拜下去，賈政連忙站起身來要回禮，再一看，那人雙手合十，面上似悲似喜，不正是寶玉嗎，這時候突然上來了一僧一道，挾著寶玉高歌而去——

「我所居兮，青埂之峰；我所遊兮，鴻蒙太空，誰與我逝兮，吾誰與從？渺渺茫茫兮，歸彼大荒！」

當我看完這一段時，我抬起頭來，愣愣的望著前方同學的背，我呆在那兒，忘了身在何處，心裏的滋味，已不是流淚和感動所能形容，我癡癡的坐著、癡癡的聽著，好似老師在很遠的地方叫著我的名字，可是我竟沒有回答她。

老師居然也沒有罵我，上來摸摸我的前額，問我：「是不是不舒服？」

我默默的搖搖頭，看著她，恍惚的對她笑了一笑。那一剎那間，我頓然領悟，什麼叫做「境界」，我終於懂了。

文學的美，終其一生，將是我追求的目標了。

《紅樓夢》，我一生一世都在看下去。

又過了一年，我們學唱〈青青校樹〉，六年的小學教育終成為過去，許多同學唱歌痛哭，我卻沒有，我想，這倒也好，我終於自由了。

要升學參加聯考的同學，在當時是集體報名的，老師將志願單發給我們，要我們拿回家去細心的填。

發到我，我跟她說：「我不用，因為我決定不再進中學了。」

老師幾乎是驚怒起來，她說：「妳有希望考上，為什麼氣餒呢？」

我哪裏是沒有信心，我只是不要這一套了。

「叫妳媽媽明天到學校來。」她仍然將志願單留在我桌上，轉身走了。

我沒有請媽媽去學校，當天晚上，父親母親在燈下細細的讀表，由父親一筆一畫親手慎重的填下了我的將來。

那天老師意外的沒有留什麼太重的家庭作業，我早早的睡下了，仰躺在被裏，眼淚流出來，塞滿了兩個耳朵。

做小孩子，有時候是一件很悲哀的事，要怎麼過自己的一生，大人自然得問都不問你一聲。

那一個漫長的暑假裏，我一點也不去想發榜的事情，為了得著一本厚厚的《大戲考》欣喜若狂，那一陣眼睛沒有看瞎，也真是奇蹟。

回想起來，當時的我，凡事不關心，除了這些被人稱為「閒書」的東西之外，我是一個跟生活脫了節的十一歲的小孩，我甚而沒有什麼童年的朋友，也實在忙得沒有時間出去玩。最最愉快的時光，就是搬個小椅子，遠遠的離開家人，在院中牆角的大樹下，讓書帶我去另一個世界。

它們真有這種魔力。

我是考取了省中的，怎麼會進去的，只有天曉得。小學六年級那年，生活那麼緊張，還偷看完了整整一大部《射雕英雄傳》。

這看完並不算浪費時間，可怕的是，這種書看了，人要發呆個好多天醒不過來。

進了中學，看書的嗜好竟然停了下來，那時候我初次坐公車進城上學，四周的同學又是完全陌生的臉孔，一切都不再像小學一般親切熟悉。新環境的驚愕，使我除了努力做乖孩子，不給旁人比下來之外，竟顧不了自己的心懷意念和興趣。

我其實是一個求知欲很強的人，學校安排的課程聽上去是那麼有趣，美術、音樂、英文、歷史、國文、博物……在這些科目的後面，應該蘊藏了多少美麗的故事。數學，也不該是死板的東西，因為它要求一步一步的去推想、去演算，這和偵探小說是有異曲同工之妙的。

我是這麼的渴求新的知識，我多麼想知道一朵花為什麼會開，一個藝術家，為什麼會為了愛畫、愛音樂甘願終生潦倒，也多麼想明白，那些橫寫的英文字，到底在向我說些什麼秘密……

可惜我的老師們，從來沒有說過這些我渴羨的故事。

美術就是拿些蠟做的水果來，把它畫得一模一樣；音樂是單純的唱歌；地理、歷史，應該是最好玩的科目，可是我們除了背書之外，連地圖都很少畫。

我最愛的英文老師，在教了我們一學期之後，又去了美國。

數學老師與我之間的仇恨越來越深，她雙眼盯住我的兇光，好似武俠小說中射來的飛鏢一樣。

初一那年我的成績差強人意，名次中等，不留級。

暑假又來了，我丟下書包，迫不及待的往租書店跑，那時候，我們已搬到長春路底去居住，那兒也有租書店，只是那家店，就不及「建國書店」高貴，它是好書壞書夾雜著，我租書有年，金杏枝的東西，就沒去錯拿過它。

也是在那個夏天，父親曬大樟木箱，在一大堆舊衣服的下面，被我發覺了封塵多少年的寶藏，父母自己都早已忘了的書籍。

那是一套又一套的中國通俗小說。

泛黃的、優美細膩的薄竹紙，用白棉線裝訂著，每本書前幾頁有毛筆畫出的書中人物，封面正左方窄窄長長的一條白紙紅框，寫著這樣端正秀美的毛筆字——水滸傳、儒林外史、今古奇觀……

我第一次覺著了一本書外在形式的美。它們真是一件件藝術品。

發覺了父親箱底那一大堆舊小說之後，我內心掙扎得很厲害，當時為了怕書店裏的舊俄作家的小說被別人借走，我在暑假開始時，便傾盡了我的零用錢，將它們大部分租了下來，那時手邊有《復活》、《罪與罰》、《死靈魂》、《戰爭與和平》、《卡拉馬助夫兄弟們》，還有《獵人日記》與《安娜·卡列尼娜》……這些都是限時要歸還的。

現在我同時又有了中國小說。一個十二歲的中國人，竟然還沒有看過《水滸傳》，使我羞愧交加，更是著急的想去念它。

父親一再的申誡我：「再看下去要成瞎子了，書拿得遠一點，不要把頭埋進去呀！」

我那一個夏天，是做了一隻將頭埋在書裏的鴕鳥，如果問我當時快不快樂，我也說不出來，我根本已失去了自己，與書本融成一體了，哪裏還知道個人的冷暖。

初二那年，連上學放學時擠在公共汽車上，我都抱住了司機先生身後那根槓子，看我那被國文老師罵為「閒書」的東西。

那時候我在大伯父的書架上找到了《孽海花》、《六祖壇經》、《閱微草堂筆記》，還有《人間詞話》，也看租來的芥川龍之介的短篇，總而言之，有書便是好看，生吞活剝，雜得一塌糊塗。

第一次月考下來，我四門不及格。

父母嚴重的警告我，再不收收心，要留級了。又說，看閒書不能當飯吃，將來自己到底要做什麼，也該立下志向，這樣下去，做父母的怎麼不擔心呢。

我哪裏有什麼立志的胸懷，我只知看書是世界上最最好玩的事，至於將來如何謀生，還遠得很哪。

雖然這麼說，我還是有羞恥心，有罪惡感，覺得成績不好，是對不住父母的行為。

我勉強自己收了心，跟每一位老師合作，凡書都背，凡課都聽，連數學習題，我都一道一道死背下來。

三次數學小考，我得滿分。

數學老師當然不相信我會突然不再是白癡了，她認為我是個笨孩子，便該一直笨下去。所以，她開始懷疑我考試作弊。當她拿著我一百分的考卷逼問我時，我對她說：「作弊，在我的品格上來說，是不可能，就算妳是老師，也不能這樣侮辱我。」

她氣得很不堪，冷笑了一下，下堂課，她叫全班同學做習題，單獨發給我一張考卷，給了我幾個聽也沒有聽過的方程式。

我當場吃了鴨蛋。

在全班同學的面前，這位數學老師，拿著蘸得飽飽墨汁的毛筆，叫我立正，站在她畫在地下的粉筆圈裏，笑吟吟惡毒無比的說：「妳愛吃鴨蛋，老師給妳兩個大鴨蛋。」

在我的臉上，她用墨汁在我眼眶四周塗了兩個大圓餅，因為墨汁太多了，它們流下來，順著我緊緊抿住的嘴唇，滲到嘴巴裏去。

「現在，轉過去給全班同學看看。」她仍是笑吟吟的說。

全班突然爆出了驚天動地的哄笑，只有一個同學沒有笑，低下頭好似要流淚一般。

我弄錯了一點，就算這個數學老師不配做老師，在她的名分保護之下，她仍然可以侮辱我，為所欲為。

畫完了大花臉，老師意猶未盡，她叫我去大樓的走廊上走一圈。我殭屍般的走了出去，廊上的同學先是驚叫，而後指著我大笑特笑，我，在一剎那間，成了名人。

我回到教室，一位好心的同學拖了我去洗臉，我沖臉時一句話都沒有說，一滴淚都沒有掉。

有好一陣，我一直想殺這個老師。

我照常上了幾天課，照常坐著公共汽車晃去學校。

有一天，我站在總統府廣場的對面，望著學校米黃色的平頂，我一再的想，一再的問自己，我到底是在幹什麼？我為什麼沒有勇氣去追求自己喜愛的東西？我在這兒到底是在忍耐什麼？這麼想著想著，人已走到校門口，我看一下校門，心裏嘆著：「這個地方，不是我的，走吧！」

我背著書包，一坐車，去了六張犁公墓。

在六張犁那一大堆土饅頭裏，我也埋下了我不愉快的學校生涯。

那時候，我認識的墓地有北投陳濟棠先生的墓園，有陽明山公墓，有六張犁公墓，在現在市立殯儀館一帶也有一片沒有名字的墳場。這些地方，我是常客。世上再沒有跟死人做伴更安全的事了，他們都是很溫柔的人。

逃學去墳場其實很不好玩，下起雨來更是苦，可是那兒安靜，可以用心看書。

母親不知我已經不上學了，每天一樣給我飯錢，我不吃飯，存了三五元，去牯嶺街當時的舊書店（當時不放地攤的），買下了生平第一本自己出錢買下的書，上下兩冊，叫做《人間的條件》。

我是不太笨的，曠課兩三天，便去學校坐一天，老師看見我了，我再失蹤三五天。那時家中還沒有裝電話，校方跟家長聯絡起來並不很方便。

我看書的速度很快，領悟力也慢慢的強了，興趣也更廣泛些了，我買的第二本書，也是舊的，是一本《九國革命史》。後來，我又買進了國語日報出的一本好書，叫做《一千零一個為什麼》，這本書裏，它給小孩子講解自然科學上的常識，淺淺的解釋，一目了然，再不久，我又買下了《伊凡·傅羅姆》這本太感人的舊書。後來差不多從不吃飯，飯錢都換了書。在逃學完完全全釋放的時光裏，念我真正愛念的東西，那真是生命最大的享受。

逃課的事，因為學校寄了信給家裏，終於到了下幕的時候。

當時，我曾經想，這事雖然是我的錯，可是它有前因，有後果，如果連父母都不瞭解我，如果父親也要動手打我，那麼我不如不要活了。

我休學了一年，沒有人說過一句責備我的話。父親看了我便嘆氣，他不跟我多說話。

第二年開學了，父母鼓勵我再穿上那件制服，勉強我做一個面對現實的人。而我的解釋，跟他們剛好不太一樣，面對自己內心不喜歡的事，應該叫不現實才對。

母親很可憐，她每天送我到學校，看我走進教室，眼巴巴的默默的哀求著我，這才依依不捨的離去，我低頭坐在一大群陌生的同學裏，心裏在狂喊：「母親，妳再用愛來逼我，我要瘋了！」

我坐一節課，再拿起書包逃出校去，那時候我膽子大了，不再上墳墓，我根本跑到省立圖書館去，在那裏，一天啃一本好書，看得常常放學時間已過，都忘了回家。

在我初二下那年，父母終於不再心存幻想，將這個不成器的孩子收留在家，自己教育起來。

我的逃學讀書記也告一段落了。

休學在家，並不表示受教育的終止。

當時姐姐高中聯考上榜了二女中，可是她實在受不了數學的苦難，又生性喜歡音樂，在經過與父母的懇談和瞭解之下，她放棄了進入省中的榮譽，改念台北師範學校音樂科，主修鋼琴，副修小提琴。也因為這一個選擇，姐姐離家住校，雖然同在台北市裏住著，我卻失去了一個念閒書的好伴侶。

姐姐住校去了，我獨佔了一間臥室，那時我已辦妥休學手續，知道不會再有被迫進教室的壓力，我的心情，一下子輕鬆了起來。

那一年的壓歲錢，我去買了一個竹做的美麗書架，放在自己的房間裏，架上零零落落的幾十本書，大半是父親買回來叫我念的。

每天黃昏，父親與我坐在籐椅上，面前攤著《古文觀止》，他先給我講解，再命我背誦，奇怪的是，沒有同學競爭的壓力，我也領悟得快得多，父親只管教古文，小說隨我自己看。

英文方面，我記得父親給我念的第一本短篇小說集是奧．亨利寫的《浮華世界》，後來又給我買了《小婦人》、《小男兒》這些故事書，後來不知為了什麼，母親每一次上街，都會帶英文的漫畫故事給我看，有對話、有圖片，非常有趣而淺近，如《李伯大夢》、《渴睡鄉的故事》（中文叫《無頭騎士》嗎？）、《愛麗絲漫遊仙境》、《灰姑娘》這些在中文早已看過的書，又同英文一面學一面看，英文就慢慢的會了。

真的休學在家，我出門去的興趣也減少了，那時很多同年齡的孩子們不上學，去混太保太妹，我卻是不混的，一直到今天，我仍是個內心深愛孤靜而不太合群的人。

每一次上街，只要母親同意，我總是拿了錢去買書，因為向書店借書這件事情，已不能滿足我的求知欲了。一本好書，以前是當故事看，後來覺著不對，因為年齡不同了，同樣一本書每再重看，領悟的又是一番境界，所以買書回來放在架上，想起來時再反覆的去回看它們，竟成了我少年時代大半消磨時間的方法。

因為天天跟書接近，它們不但在內容方面教育我，在外型方面，也吸引了我，一個房間，書多了就會好看起來，這是很主觀的看法，我認定書是非常優雅美麗的東西，用它來裝飾房間，再合適不過。

竹書架在一年後早已滿了，父親不聲不響又替我去當時的長沙街做了一個書櫥，它真是非常的美麗，狹長輕巧，不佔地方，共有五層，上下兩個玻璃門可以關上。

這一個書架，至今在我父母的家裏放著，也算是我的一件紀念品吧！

在我十五、六歲時，我成了十足的書奴，我的房間，別人踏不進腳，因為裏面不但堆滿了我用來裝飾房間的破銅爛鐵，其他有很多的空間，無論是桌上、桌下、床邊、地板上、衣櫥裏，全都塞滿了亂七八糟的書籍，在性質上，它們也很雜，分不出一個類別來，總是文學的偏多了些。

台灣的書買得不夠，又去香港方面買，香港買不滿足，又去日本方面買，從日本那邊買的大半是美術方面的畫冊。

現在回想起來，我每年一度的壓歲錢和每週的零用，都是這麼送給了書店。

我的藏書，慢慢的在親戚朋友間有了名聲，差不多年齡的人，開始跑來向我借。

愛書的人，跟守財奴是一色一樣的，別人開口向我借書，我便心痛欲死，千叮萬嚀，請人早早歸還，可惜借書不還的人是太多了。

有一次，堂哥的學音樂的同學，叫做王國樑的，也跑來向我借書，我因跟二堂哥懋良感情至深，所以對他的同學也很大方，居然自己動手選了一大堆最愛的書給國樑，記得拿了那麼多書，我們還用麻繩紮了起來，有到腰那麼高一小堆。

「國樑，看完可得快快還我哦！」我看他拎著我的幾十本書，又不放心的追了出去。

國樑是很好的朋友，也是守信用的人，當時他的家在板橋，書當然也放在板橋。就有那麼不巧，書借了他，板橋淹了一次大水，我的書，沒有救出來。國樑羞得不敢來見我，叫別人來道歉，我一聽到這個消息，心痛得哭了起來，恨了他一場，一直到他去了法國，都沒有理他。

而今想不到因為那一批書債，半生都過去了，國樑這個名字卻沒有淡忘，聽說前年國樑帶了法國太太回台，不知還記不記得這一段往事。我倒是很想念他呢。

其實水淹了我的幾十本書，倒給我做了一個狠心的了斷，以後誰來借書都不肯了，再也不肯。

在這些借書人裏，也有例外的時候，我的朋友王恆，不但有借必還，他還會多還我一兩本他看過的好書。王恆也是學音樂的，因為當年借書，我跟他結成摯友，一直到現在。

那時候，國內出版界並不如現在的風氣興旺，得一套好書並不很容易，直到「文星」出了小本叢書，所謂國內青年作家的東西才被比較有系統的做了介紹。我當時是一口氣全買。那時梁實秋先生譯的《莎士比亞全集》也出了，在這之前，雖然我已有了「世界」出版的朱生豪先生譯的那一套，也有英文原文的，可是愛書成奴，三套比較著，亦是怡然。

又過了不久，台灣英文翻版書雨後春筍般的出現了，這件事情在國際間雖然將台灣的名聲弄得很壞，可是當時我的確是受益很多的。一些英文哲學書籍，過去很貴的，不可能大量的買，因為有了不道德的翻版，我才用很少量的金錢買下了它們。

愛書成癡，並不是好事，做一個書呆子，對自己也許沒有壞處，可是這畢竟只是個人的欣賞和愛好，對社會對家庭，都不可能有什麼幫助。從另一方面來說，學不能致用，亦是一種浪費，很可惜，我就是這麼一個人。

父親常常問我：「妳這麼啃書啃書，將來到底要做什麼？不如去學一技之長的好。」

我沒有一技之長，很慚愧的，至今沒有。

離家之後，我突然成了一個沒有書籍的人，在國外，我有的不過是一個小房間，幾本教科書，架上零零落落。

我離開了書籍，進入了真真實實的生活。

在一次一次的頓悟裏，那沉重的大書架，不知不覺化作了我的靈魂和思想，突然發覺，書籍已經深深植根在我身體裏，帶不帶著它們，已不是很重要的事情了。

在象牙塔裏看書，實是急不得的，一旦機緣和功力到了某個程度，這座圍住人的塔，自然而然的會消失的，而「真理」，就那麼明明白白，簡簡單單的向人顯現了。

我從來沒有妄想在書本裏求功名，以至於看起書來，更是如魚得水，「游於藝」是最高的境界，在那兒，我的確得到了想像不出的愉快時光，至於頓悟和啟示，那都是混在念書的歡樂裏一起來的，沒有絲毫強求。

而今在荷西與我的家裏，兩人加起來不過一千六百多本書，比起在父母家的盛況，現在的情形是蕭條多了。

望著架上又在逐漸加多的書籍，一絲甜蜜和些微的悵然交錯的流過我的全身，而今我仍是愛書，可是也懂得愛我平凡的生活，是多少年的書本，才化為今日這份領悟和寧靜。我的心裏，悄悄的有聲音在對我說：「這就是了！這就是一切了。」

膽小鬼。

這件事情，說起來是十分平淡的。也問過好幾個朋友，問他們有沒有同樣的經驗，多半答說有的，而結果卻都相當輝煌，大半沒有捱打也沒有被責備。

我要說的是——偷錢。

當然，不敢在家外面做這樣的事情，大半是翻父母的皮包或口袋，拿了一張鈔票。

朋友們在少年的時候，偷了錢大半請班上同學吃東西，快快花光，回去再受罰。只有一個朋友，偷了錢，由台南坐火車獨自一人在台北流浪了兩天，錢用光了，也就回家。據我的觀察，最後那個遠走高飛的小朋友是受罰最輕的一個，他的父母在發現人財兩失的時候，著急的是人，人回來了，好好看待失而復得的兒子，結果就捨不得打了。

小孩子偷錢，大半父母都會反省自己，是不是平日不給零用錢才引得孩子們出手偷，當然這是比較明理的一派父母。

我的父母也明理，卻忘了我也需要錢，即使做小孩子，在家不愁衣食，走起路來仍期望有幾個銅板在口袋裏響的。

那一年，已經小學三年級了，並沒有碰過錢，除了過年的時候那包壓歲錢之外，而壓歲錢也不是給花的，是給放在枕頭底下給壓著睡覺過年的，過完了年，便乖乖的交回給父母，將數目記在一個本子上。大人說，要存起來，做孩子的教育費。

並不是每一個孩子都期待受教育的，例如我大弟便不，他也不肯將壓歲錢繳還給父母。他總是在過年的那三天裏跟鄰居的孩子去賭撲克牌，賭贏了下半年總有錢花，小小年紀，將自己的錢支配得當當心心，而且豐滿。

在我們的童年裏，小學生流行的是收集橡皮筋和《紅樓夢》人物畫片，還有玻璃紙——包彩色糖果用的那種。

這些東西，在學校外面沿途回家的雜貨舖裏都有得賣，也可以換。所謂換，就是拿一本用過的練習簿交給老闆娘，可以換一顆彩色的糖。吃掉糖，將包糖的紙洗洗乾淨，夾在書裏，等夾成一大疊了，又可以跟小朋友去換畫片或者幾根橡皮筋。

也因為這個緣故，回家來寫功課的時候總特別熱心，恨不能將那本練習簿快快用光，好去換糖紙。萬一寫錯了，老師罰著重寫，那麼心情也不會不好，反而十分歡喜。

在同學裏，我的那根橡皮筋繩子拉得最長，下課用來跳橡皮筋時也最神氣。而我的母親總弄不懂為什麼我的練習簿那麼快就會用完，還怪老師功課出得太多，弄得小孩子回家來不停的寫了又寫。

也就在那麼一個星期天，走進母親的睡房，看見五斗櫃上躺著一張紅票子——五塊錢。

當年一個小學老師的薪水大約是一百二十塊台幣一個月。五塊錢的價值大約現在的五百塊那麼多了，也等於許多許多條彩色的橡皮筋，許多許多《紅樓夢》裏小姐丫頭們的畫片，等於可以貼一個大玻璃窗的糖紙，等於不必再苦寫練習簿，等於一個孩子全部的心懷意念和快樂。

對著那張靜靜躺著的紅票子，我的呼吸開始急促起來，兩手握得緊緊的，眼光離不開它。

當我再有知覺的時候，已經站在花園的桂花樹下，摸摸口袋，那張票子隨著出來了，在口袋裏。

沒敢回房間去，沒敢去買東西，沒敢跟任何人講話，悄悄的蹲在院子裏玩泥巴。母親喊吃中飯，勉勉強強上了桌，才喝了一口湯呢，便聽母親喃喃自語：「奇怪，才擱的一張五塊錢怎麼不見了。」姐姐和弟弟乖乖的吃飯，沒有答理，我卻說了：「是不是妳忘了地方，根本沒有拿出來？」母親說不可能的，我接觸到父親的眼光，一口滾湯嚥下去，燙得臉就紅了。

星期天的孩子是要強迫睡午覺的，我從來不想睡，又沒有理由出去，再說買了那些寶貝也不好突然拿回來，當天晚上是要整理書包的——在父母面前。

還是被捉到床上去了，母親不肯人穿長褲去睡，硬要來拉褲子，當她的手碰到我的長褲口袋時，我呼一下又脹紅了臉，掙扎著翻了一個身，喊說頭痛頭痛，不肯她碰我。

那個樣子的確像在發高燒，口袋裏的五塊錢就如湯裏面滾燙的小排骨一樣，時時刻刻燙著我的腿。

「我看妹妹有點發燒，不曉得要不要去看看醫生。」

聽見母親有些擔心的在低聲跟父親商量，又見父親拿出了一支熱度計在甩。我將眼睛再度閉上，假裝睡著了。姿勢是半斜的，緊緊壓住右面口袋。

夏天的午後，睡醒了的小孩子就給放到大樹下的小桌邊去，叫我們數柚子和芭樂，每個人的面前有一碗綠豆湯，冰冰的。

姐姐照例捧一本《西遊記》在看，我們想聽故事，姐姐就念一小段。總是說，多念要收錢，一小段不要錢。她收一毛錢講一回。我們沒有錢，她當真不多講，自己低頭看得起勁。有一次大弟很大方，給了她兩毛錢，那個孫悟空就變了很多次，還去了火焰山。平日大弟絕不給，我就沒得聽了。

那天姐姐說《西遊記》已經沒意思了，她還會講言情的，我們問她什麼是言情，她說是《紅樓夢》——裏面有戀愛。不過她仍然要收錢。

我的手輕輕摸過那張鈔票，已經快黃昏了，它仍然用不掉。晚上長褲勢必脫了換睡衣，睡衣沒有口袋，那張鈔票怎麼藏？萬一母親洗衣服，摸出錢來，又怎麼了得？書包裏不能放，父親等我們入睡了又去檢查的。鞋裏不能藏，早晨穿鞋母親會在一旁看。抽屜更不能藏，大弟會去翻。除了這些地方，一個小孩子是沒有地方了，畢竟屬於我們的角落是太少了。

既然姐姐說故事收錢，不如給了她，省掉自己的重負。於是我問姐姐有沒有錢找？姐姐問是多少錢要找？我說是一塊錢，叫她找九毛來可以開講戀愛了。她疑疑惑惑的問我：「妳哪來一塊錢？」我又臉紅了，說不出話來。其實那是整張五塊的，拿出來就露了破綻。

當天晚上我仍然被拉著去看了醫生。據母親說給醫生的病況是：一天都臉紅，煩躁，不肯講話，吃不下東西，魂不守舍，大約是感冒了。醫生說看不出有什麼病，也沒有發燒，只說早些睡了，明天好上學去。

我被拉去洗澡，母親要脫我的衣服，我不肯，開始小聲的哭，臉通紅的，哭了一會兒，發覺家裏的工人玉珍蹲著在給洗腿，這才鬆了一口氣。

那五塊錢仍在口袋裏。

穿了睡衣，錢跟過來了，握在拳頭裏，躲在浴室不出來。大弟幾次拿拳頭敲門，也不肯開。等到我們小孩都已上了床，母親才去浴室，父親在客廳坐著。

我赤著腳快步跑進母親的睡房，將錢捲成一團，快速地丟到五斗櫃跟牆壁的夾縫裏去，這才逃回床上，長長的鬆了口氣。

那個晚上，想到許多的夢想因為自己的膽小而付諸東流，心裏酸酸的。

「不吃下這碗稀飯，不許去上學。」

我們三個孩子愁眉苦臉的對著早餐，母親照例在監視，一個平淡的早晨又開始了。

「妳的錢找到了沒有？」我問母親。

「等你們上學了才去找——快吃呀！」母親遞上來一個煮蛋。

我吃了飯，背好書包，忍不住走到母親的睡房去打了一個轉，出來的時候喊著：「媽媽，妳的錢原來掉在夾縫裏去了。」母親放下了碗，走進去，撿起了錢說：「大概是風吹的吧！找到了就好。」

那時，父親的眼光輕輕的掠了我一眼，我臉紅得又像發燒，匆匆的跑出門去，忘了說再見。

偷錢的故事就那麼平平淡淡的過去了。

奇怪的是，那次之後，父母突然管起我們的零用錢來，每個小孩一個月一塊錢，自己記帳，用完了可以商量預支下個月的，預支滿兩個月，就得——忍耐。

也是那次之後的第二個星期天，父親給了我一盒外國進口的糖果，他沒有說慢慢吃之類的話。我快速的把糖果剝出來放在一邊，將糖紙泡在臉盆裏洗乾淨，然後一張一張將它們貼在玻璃窗上等著乾。

那個下午，就在數糖紙的快樂裏，悠悠的度過。

等到我長大之後，跟母親說起偷錢的事，她笑說她不記得了。又反問：「怎麼後來沒有再偷了呢？」我說那個滋味並不好受。說著說著，發覺姐姐弟弟們在笑，原來都偷過錢，也都感覺不好過，這一段往事，就過去了。

吹兵。

那天上學的時候並沒有穿紅衣服，卻被一隻瘋水牛一路追進學校。跑的開始以為水牛只追一下就算了的，或者會改去追其他的行人，結果牠只釘住我鍥而不捨的追。哭都來不及哭，只是沒命的跑。那四隻蹄子奔騰著咄咄的拿角來頂——總是在我裙子後面一點點距離。

好不容易逃進了教室，瘋牛還在操場上翻蹄子踢土，小學的朝會就此取消了。同學很驚慌，害怕牛會來頂教室。

晨操擴音機裏沒有音樂，只是一再的播著：「各位同學，留在教室裏，不可以出來，不可以出來！」

我是把那條牛引進學校操場上來的小孩子，雙手抓住窗口的木框，還是不停的喘氣。同學們拿出了童軍棍把教室的門頂住。而老師，老師們躲在大辦公室裏也是門窗緊閉。

就是那一天，該我做值日生。值日生的姓名每天由風紀股長寫在黑板上，是兩個小孩同時做值日。那個風紀股長忘了是誰，總之是一個老師的馬屁鬼，壓迫我們的就是她。

我偶爾也被選上當康樂股長，可是康樂和風紀比較起來，那份氣勢就差多了。

瘋水牛還在操場上找東西去頂，風紀股長卻發現當天班上的茶壺還是空的。當時，我們做小學生的時候，沒有自備水壺等這等事的，教室後面放一個大水壺，共用一個杯子，誰渴了就去倒水喝，十分簡單。而水壺，是值日生到學校廚房的大灶上去拿滾水，老校工灌滿了水，由各班級小朋友提著走回教室。

牛在發瘋，風紀股長一定逼我當時就去廚房提水，不然就記名字。另外一個值日小朋友哭了，死不肯出去，她哭是為了被記了名字。我拎了空水壺開門走到外面，看也不看牛，拚著命就往通向廚房的長廊狂奔。

等到水壺注滿了滾水，沒有可能快跑回教室，於是我蹲在走廊的門邊，望著遠處的牛，想到風紀股長要記名字交給老師算帳，也開始蹲著細細碎碎的哭了。

就在這個時候，清晨出操去的駐軍們回來了。駐軍是國慶日以前才從台灣南部開來台北，暫住在學校一陣的。

軍人來了，看見一隻瘋牛在操場上東頂西拱的，根本也不當一回事，數百個人殺聲震天的不知用上了什麼陣法，將牛一步一步趕到校外的田野裏去了。

確定牛已經走了，這才提起大茶壺，走三步停兩步的往教室的方向去。也是在那麼安靜的走廊上，身後突然傳來咻咻、咻咻喘息的聲音，這一慌，腿軟了，丟了水壺往地下一蹲，將手抱住頭，死啦！牛就在背後。

咻咻的聲音還在響，我不敢動。

覺得被人輕輕碰了一下緊縮的肩，慢慢抬頭斜眼看，發覺兩隻暴凸有如牛眼般的大眼睛呆呆的瞪著我，眼前一片草綠色。

我站了起來——也是個提水的兵，咧著大嘴對我啊啊的打手勢。他的水桶好大，一個扁擔挑著，兩桶水面浮著碧綠的芭蕉葉。漆黑的一個塌鼻子大兵，面如大餅，身壯如山，膠鞋有若小船。乍一看去透著股蠻牛氣，再一看，眼光柔和得明明是個孩童。

我用袖子擦一下臉，那個兵，也不放下挑著的水桶，另一隻手輕輕一下，就拎起了我那個千難萬難的熱茶壺，做了一個手勢，意思是——帶路，就將我這瘦小的人和水都送進了教室。

那時，老師尚未來，我蹲在走廊水溝邊，撿起一片碎石，在泥巴地上寫字，問那人——什麼兵？那個啞巴笑成傻子一般，放下水桶，也在地上畫——炊兵。炊字他寫錯了，寫成——吹兵。

後來，老師出現在遠遠的長廊，我趕快想跑回教室，啞巴兵要握手，我就同他握手，他將我的手上下用勁的搖到人都跳了起來，說不出有多麼歡喜的樣子。

就因為這樣，啞巴做了我的朋友。那時候我小學四年級，功課不忙。

回家說起啞巴，母親斥責我，說不要叫人啞巴啞巴，我笑說他聽不見哪，每天早晨見到啞巴，他都丟了水桶手舞足蹈的歡迎我。

我們總是蹲在地上寫字。第一次就寫了個「火」，又寫「炊」和「吹」的不同。解釋「炊」的時候，我做搧火的樣子。這個「吹」就嘟嘟的做號兵狀。啞巴真聰明，一教就懂了，一直打自己的頭，在地上寫「笨」，寫成「茶」，我猜是錯字，就打了他一下頭。

那一陣，對一個孩子來說，是光榮的，每天上課之前，先做小老師，總是跟一個大漢在地上寫字。

啞巴不笨，水桶裏滿滿的水總也不潑出來，他打手勢告訴我，水面浮兩片大葉子，水就不容易潑出來，很有道理。

後來，在班上講故事，講啞巴是四川人，兵過之前他在鄉下種田，娶了媳婦，媳婦正要生產，老娘叫啞巴去省城抓藥，走在路上，一把給過兵的捉去掮東西，這一掮，就沒脫離過軍隊，家中媳婦生兒生女都不曉得，就來了台灣。

故事是在「康樂時間」說的，同學們聽呆了。老師在結束時下了評語，說啞巴的故事是假的，叫同學們不要當真。

天曉得那是啞巴和我打手勢、畫畫、寫字、猜來猜去、拼了很久才弄清楚的真實故事。講完那天，啞巴用他的大手揉揉我的頭髮，將我的衣服扯扯端正，很傷感的望著我。我猜他一定在想，想他未曾謀面的女兒就是眼前我的樣子。

以後做值日生提水總是啞巴替我提，我每天早晨到校和放學回家，都是跟他打完招呼才散。

家中也知道我有了一個大朋友，很感激有人替我提水。母親老是擔心滾燙的水會燙到小孩，她也怕老師，不敢去學校抗議叫小朋友提滾水的事。

也不知日子過了多久，啞巴每日都呆呆的等，只要看見我進了校門，他的臉上才嘩一下開出好大一朵花來。後來，因為不知如何疼愛才好，連書包也搶過去代背，要一直送到教室口，這才依依不捨的挑著水桶走了。

啞巴沒有錢，給我禮物，總是芭蕉葉子，很細心的割，一點破縫都不可以有。三五天就給一張綠色的方葉子墊板，我拿來鋪在課桌上點綴，而老師，總也有些憂心忡忡的望著我。

也有禮物給啞巴，不是美勞課的成績，就是一顆話梅，再不然放學時一同去坐蹺蹺板。啞巴重，他都是不敢坐的，耐性用手壓著板，我叫他升，他就升，叫他放，他當當心心的放，從來不跌痛我。而我們的遊戲，都是安靜的，只是夕陽下山後操場上兩幅無聲無息的剪影而已。

有一天，啞巴神秘兮兮的招手喚我，我跑上去，掌心裏一打開，裏面是一只金戒指，躺在幾乎裂成地圖一般的粗手掌裏。

那是生平第一次看見金子，這種東西家中沒有見過，母親的手上也沒見過，可是知道那是極貴重的東西。

啞巴當日很認真，也不笑，瞪著眼，把那金子遞上來，要我伸手，要人拿去。我嚇得很厲害，拚命搖頭，把雙手放在身後，死也不肯動。啞巴沒有上來拉，他蹲下來在地上寫——不久要分別了，送給妳做紀念。

我不知如何回答，說了再見，快步跑掉了。跑到一半再回頭，看見一個大個子低著頭，呆望著自己的掌心，不知在想什麼。

也是那天回家，母親說老師來做了家庭訪問，比我早一些到了家裏去看母親。家庭訪問是大事，一般老師都是預先通知，提早放學，由小朋友陪著老師一家一家去探視的。這一回，老師突襲我們家，十分怪異，不知自己犯了什麼錯，幾乎擔了一夜的心。而母親，沒說什麼。

也因為老師去了家裏，這一嚇，啞巴要給金子的事情就忘了講。

第二天，才上課呢，老師很慈愛的叫我去她放辦公桌的一個角落，低聲問我結識那個挑水軍人的經過。

都答了，一句一句都回答了，可是不知有什麼錯，反而慌得很。當老師輕輕的問出：「他有沒有對妳不軌？」那句話時，我根本聽不懂什麼叫做鬼不鬼的，直覺老師誤會了那個啞巴。不軌一定是一種壞事，不然老師為什麼用了一個孩子實在不明白的鬼字。

很氣憤，太氣了，就哭了起來。也沒等老師叫人回座，氣得衝回課桌趴著大哭。那天放學，老師拉著我的手一路送出校門，看我經過等待著的啞巴，都不許停住腳。

啞巴和我對望了一眼，我眼睛紅紅的，不能打手勢，就只好走。老師，對啞巴笑著點點頭。

到了校門口，老師很兇很兇的對我說：「如果明天再跟那個兵去做朋友，老師記妳大過，還要打——」我哭著小跑，她抓我回來，講：「答應呀！講呀！」我只有點點頭，不敢反抗。

第二天，沒有再跟啞巴講話，他快步笑著迎了上來，我掉頭就跑進了教室。啞巴站在窗外巴巴的望，我的頭低著。

是個好粗好大個子的兵，早晚都在挑水，加上兩個水桶前後晃，在學校裏就更顯眼了。男生們見他走過就會唱歌謠似的喊：「一個啞巴提水吃，兩個啞巴挑水吃，三個啞巴沒水吃……」跟前跟後的叫了還不夠，還有些大膽的衝上去推水桶將水潑出來。

過去，每當啞巴兵被男生戲弄的時候，他會停下來，放好水桶，作勢要追打小孩，等小孩一哄跑了，第一個笑的就是他。也有一次，我們在地上認字，男生欺負啞巴聽不見，背著他抽了挑水的扁擔逃到鞦韆架邊用那東西去擊打架子。我看了追上去，揪住那個光頭男生就打，兩人廝打得很劇烈，可是都不出聲叫喊。最後將男生死命一推，他的頭碰到了鞦韆，這才哇哇大哭著去告老師了。

那是生平第一次在學校打架，男生的老師也沒怎麼樣，倒是啞巴，氣得又要罵又心痛般的一直替我撣衣服上的泥巴，然後，他左看我又右看我，大手想上來擁抱這個小娃娃，終是沒有做，對我點個頭，好似要流淚般的走了。

在這種情感之下，老師突然說啞巴對我「不鬼」，我的心裏痛也痛死了。是命令，不可以再跟啞巴來往，不許打招呼，不可以再做小老師，不能玩蹺蹺板，連美勞課做好的一個泥巴硯台也不能送給我的大朋友——

而他，那個身影，總是在牆角哀哀的張望。

在小學，怕老師怕得太厲害，老師就是天，誰敢反抗她呢？

上學總在路上等同學，進校門一哄而入。放學也是快跑，躲著那雙粗牛似的眼睛，看也不敢看的背著書包低著頭疾走。

而我的心，是那麼的沉重和悲傷。那種不義的羞恥沒法跟老師的權威去對抗，那是一種無關任何生活學業的被迫無情，而我，沒有辦法。

終是在又一次去廚房提水的時候碰到了啞巴。他照樣幫我拎水壺，我默默的走在他身邊。那時，國慶日也過了，部隊立即要開發回南部去，啞巴走到快要到教室的路上，蹲下來也不找小石子，在地上用手指甲一直急著畫問號，好大的「？」畫了一連串十幾個。他不寫字，紅著眼睛就是不斷畫問號。

「不是我。」我也不寫字，急著打自己的心，雙手向外推。

啞巴這回不懂，我快速的在地上寫：「不是我！不是我！不是我！」

他還是不懂，也寫了：「不是給金子壞了？」我拚命搖頭。

又不願出賣老師，只是叫喊：「不要怪我！不是我不是我不是我……」用喊的，他只能看見表情，看見一個受了委屈小女孩的悲臉。

就那樣跑掉了。啞巴的表情，一生不能忘懷。

部隊走時就和來時一般安靜，有大卡車裝東西，有隊伍排成樹林一般沙沙、沙沙的移動。走時，校長向他們鞠躬，軍人全體舉手敬禮道謝。

我們孩子在教室內跟著風琴唱歌，唱「淡淡的三月天，杜鵑花開在山坡上，杜鵑花開在小溪旁……」而我的眼光，一直滑出窗外拚命的找人。

口裏隨便跟著唱，眼看軍人那一行行都開拔了，我的朋友仍然沒有從那群人裏找出來。歌又換了，叫唱〈丟丟銅仔〉，這首歌非常有趣而活潑，同學們越唱越高昂，都快跳起來了，就在歌唱到最起勁的時候，風琴的伴奏悠然而止，老師緊張的在問：「你找誰？有什麼事？」

全班突然安靜下來，我才驚覺教室裏多了一個大兵。

那個我的好朋友，親愛的啞巴，山一樣立在女老師的面前。「出去！你出去！出去出去……」老師歇斯底里的將風琴蓋子砰一下合上，怕成大叫出來。

我不顧老師的反應，搶先跑到教室外面去，對著教室裏喊：「啞巴！啞巴！」一面急著打手勢叫他出來。

啞巴趕快跑出來，手上一個紙包；書一般大的紙包，遞上來給我。他把我的雙手用力握住，呀呀的儘可能發出聲音跟我道別。接住紙包也來不及看，啞巴全身裝備整齊的立正，認認真真的敬了一個舉手禮，我呆在那兒，看著他佈滿紅絲的凸眼睛，不知做任何反應。

他走了，快步走了。一個軍人，走的時候好像有那麼重的悲傷壓在肩上，低著頭大步大步的走。

紙包上有一個地址和姓名，是部隊信箱的那種。

紙包裹，一大口袋在當時的孩子眼中貴重如同金子般的牛肉乾。一生沒有捧過那麼一大包肉乾，那是新年才可以分到一兩片的東西。

老師自然看了那些東西。

地址，她沒收了，沒有給我。牛肉乾，沒有給吃，說要當心，不能隨便吃。

校工的土狗走過，老師將袋子半吊在空中，那些肉乾便由口袋中飄落下來，那隻狗，跳起來接著吃，老師的臉很平靜而慈愛的微笑著。

許多年過去了，再看《水滸傳》，看到翠屏山上楊雄正殺潘巧雲，巧雲向石秀呼救，石秀答了一句：「嫂嫂！不是我！」

那一句「不是我！」勾出了當年那一聲又一聲一個孩子對著一個啞巴聾兵狂喊的：「不是我！不是我！不是我！」

那是今生第一次負人的開始，而這件傷人的事情，積壓在內心一生，每每想起，總是難以釋然，深責自己當時的懦弱，而且悲不自禁。

而人生的不得已，難道只用「不是我」三個字便可以排遣一切負人之事嗎？

親愛的啞巴「吹兵」，這一生，我沒有忘記過你，你還記得炊和吹的不同，正如我對你一樣，是不是？我的本名叫陳平，那件小學制服上老掛著的名字。而今你在哪裏？請求給我一封信，好教我買一大包牛肉乾和一個金戒指送給你可不可以？

匪兵甲和匪兵乙。

那一年的秋天，我大約是十一歲或者十歲。是台北市中正國民小學的一個學生。

每一個學期的開始，學校必然要舉行一場校際的同樂會，由全校各班級同學演出歌舞、話劇和說雙簧等等的節目。

記得那一次的同樂會演出兩齣話劇，畢業班的學長們排練的是「吳鳳傳」。我的姐姐被老師選出來女扮男裝，是主角吳鳳。

姐姐一向是學校中的風頭人物，功課好，人緣好，模樣好，而且從小學一年級開始，始終在當班長。她又有一個好聽的綽號，叫做「白雪公主」。

看見姐姐理所當然的扮演吳鳳這樣重要的人物，我的心裏真有說不出的羨慕，因為很喜歡演戲，而自己的老師卻是絕對不會想到要我也去演出的。

說沒有上過台也是不對的，有一年，也算演過歌舞劇，老師命我做一棵樹。豎著比人還要大的三夾板，上面畫的當然是那棵樹。筆直的站在樹的後面直到落幕。

除了「吳鳳傳」之外，好似另外一齣話劇叫做「牛伯伯打游擊」。這兩場話劇每天中午都在學校的大禮堂彩排。我吃完了便當，就跑去看姐姐如何捨生取義。她演得不大逼真，被殺的時候總是跌倒得太小心，很娘娘腔的叫了一聲「啊——」

吳鳳被殺之後，接著就看牛伯伯如何打游擊，當然，彩排的時候劇情是不連貫的。

看了幾天，那場指導打游擊的老師突然覺得戲中的牛伯伯打土匪打得太容易了，劇本沒有高潮和激戰。於是他臨時改編了劇本，用手向台下看熱鬧的我一指，說：「妳，吳鳳的妹妹，妳上來，來演匪兵乙，上——來——呀！」

我被嚇了一大跳，發覺變成了匪兵。這個，比演一棵樹更令人難堪。

以後的中午時間，我的工作便是蹲在一條長板凳上，一大片黑色的布幔將人與前台隔開。當牛伯伯東張西望的經過布幔而來時，我就要虎一下蹦出來，大喊一聲：「站住！哪裏去？」

有匪兵乙，當然，也有一個匪兵甲。甲乙兩個一同躲著，一起跳出去，一齊大喊同樣的話，也各自拿著一支掃把柄假裝是長槍。

回憶起來，那個匪兵甲的容貌已經不再清晰了，只記得他頂著一個凸凸凹凹的大光頭，顯然是仔仔細細被剃頭刀刮得發亮的頭顱。布幔後面的他，總也有一圈淡青色的微光在頂上時隱時現。

在當時的小學校裏，男生和女生是禁止說話也不可能一同上課的，如果男生對女生友愛一些，或者笑一笑，第二天沿途上學去的路上，準定會被人在牆上塗著「某年某班某某人愛女生不要臉」之類的鬼話。

老師在那個時代裏，居然將我和一個男生一同放在布幔後面，一同蹲在長板凳上，是不可思議的事情。

始終沒有在排演的時候交談過一句話——他是一個男生。天天一起蹲著，那種神秘而又朦朧的喜悅卻漸漸充滿了我的心。總是默數到第十七個數字，布幔外牛伯伯的步子正好踩到跟前，於是便一起拉開大黑布叫喊著廝殺去了。

就是那麼愛上了他的，那個匪兵甲的人。

同樂會過去了，學校的一切照常進行了。我的考試不及格，老師喝問為什麼退步，也講不上來。於是老師打人，打完後我撩起裙角，彎下腰偷偷擦掉了一點點眼淚。竹鞭子打腿也不怎麼痛的，只是很想因此傷心。

那個匪兵甲，只有在朝會的時候可能張望一下。要在隊伍裏找他倒也不難，他的頭比別人的光，也比較大。

我的傷心和考試、和挨打，一點關係也沒有。

演完了那齣戲，隔壁班級的男生成群結隊的欺負人，下課時間總是跑到我們女生班的門口來叫囂，說匪兵乙愛上了牛伯伯。

被誤解是很難過的，更令人難以自處的是上學經過的牆上被人塗上了鬼話，說牛伯伯和匪兵乙正在戀愛。

有一天，下課後走田埂小路回去，迎面來了一大群男生死敵，雙方在狹狹的泥巴道上對住了，那邊有人開始嘻皮笑臉的喊，慢吞吞的：「不要臉，女生——愛——男——生——」

我衝上去要跟站第一個的男生相打，大堆的臉交錯著撲上來，錯亂中，一雙幾乎是在受著極大苦痛而又驚惶的眼神傳遞過來那麼快速的一瞬，我的心，因而尖銳甜蜜的痛了起來。突然收住了步子，拾起掉到水田裏的書包，低下頭默默側身而過，背著不要臉呀不要臉的喊聲開始小跑起來。

他還是瞭解我的，那個甲，我們不只一次在彩排的時候心裏靜悄悄的數著一二三四……然後很有默契的大喊著跳出去。他是懂得我的。

日子一樣的過下去，朝會的時刻，總忍不住輕輕回頭，眼光掃一下男生群，表情漠漠然的，那淡淡的一掠，總也被另外一雙漠漠然的眼白接住，而國旗就在歌聲裏冉冉上升了。總固執的相信，那雙眼神裏的冷淡，是另有信息的。

中午不再去排戲了，吃完了飯，就坐在教室的窗口看同學。也是那一次，看見匪兵甲和牛伯伯在操場上打架，匪兵被壓在泥巴地上，牛伯伯騎在他身上，一直打一直打。那是雨後初晴的春日，地上許多小水塘，看見牛伯伯順手挖了一大塊溼泥巴，啪一下糊到匪兵甲的鼻子和嘴巴上去，被壓在下面的人四肢無力的划動著。那一霎，我幾乎窒息死去，指甲掐在窗框上快把木頭插出洞來了，而眼睛不能移位。後來，我跑去廁所裏吐了。

經過了那一次，我更肯定了自己的那份愛情。

也是那長長的高小生活裏，每天夜晚，苦苦的哀求在黑暗中垂聽禱告的神，苦求有一日長大了，要做那個人的妻子。哀哀的求，堅定的求，說是絕對不反悔的。

當我們站在同樣的操場上唱出了畢業的驪歌來時，許多女生唏哩嘩啦的又唱又流淚，而女老師們的眼眶也是淡紅色的。司儀一句一字的喊，我們一次一次向校長、主任、老師彎下了腰，然後聽見一句話：「畢業典禮結束。禮——成。散——會。」

沒有按照兩年來的習慣回一下頭，跟著同學往教室裏衝。理抽屜，丟書本，打掃，排桌子，看了一眼周遭的一切，這，就結束了。

回家的路上，儘可能的跑，沒命的狂跑，甩掉想要同行的女生，一口氣奔到每天要走的田埂上去，喘著氣拚命的張望——那兒，除了陽光下一閃一閃的水波之外，沒有什麼人在等我。

進初中的那年，穿上了綠色的制服，坐公共汽車進城上下學，總統府的號兵和國旗一樣升起。刻骨的思念，即使再回頭，也看不見什麼了。

也是在夜間要祈禱了才能安心睡覺的，那個哀求，仍是一色一樣。有一次反反覆覆的請願，說著說著，竟然忘了詞，心裏突然浮上了一種跟自己那麼遙遠的無能為力和悲哀。

「當年，妳真愛過牛伯伯吧？」

我笑了起來，說沒有，真的沒有。

許多許多年過去了，兩次小學同學會，來的同學都帶了家眷。人不多，只佔了一個大圓桌吃飯。說起往事，一些淡淡的喜悅和親，畢竟這都已成往事了。

飯後一個男生拿出了我們那屆的畢業紀念冊來——學校印的那一本。同學們尖叫起來，搶著要看看當年彼此的呆瓜模樣。那一群群自以為是的小面孔，大半莊嚴的板著，好似跟攝影師有仇似的。

「小時候，妳的眉頭總是皺著。受不了嘛！」一個男生說。

「原來你也有偷看我呀?!」順手啪一下打了他的頭。

輪到我一個人捧著那本紀念冊的時候，順著已經泛黃了的薄紙找名單——六年甲班的。找到了一個人名，翻到下一頁，對著一排排的光頭移手指，他，匪兵甲，就在眼前出現了。

連忙將眼光錯開，還是吃了一驚，好似平白被人用榔頭敲了一下的莫名其妙。

「我要回去了，你們是散還是不散呀？」

散了，大家喊喊叫叫的散了。坐車回家，付錢時手裏握的是一把仔細數好的零錢。下車了，計程車司機喊住了我，慢吞吞的說：「小姐，妳弄錯了吧！少了五塊錢。」沒有跟他對數，道了歉，馬上補了。司機先生開車走的時候笑著說：「如果真弄錯倒也算了，可是被騙的感覺可不大舒服。」

那天晚上，我躺在黑暗中，只能說一句話：「噯，老天爺，謝謝祢。」

約會。

一直到了初中二年級有了「生理衛生」課之前，我都不知道小孩子是從哪裏來的。其實這個問題從小就問過母親，她總是笑著說：「是垃圾箱裏撿出來的呀！」我從來也知道這是母親的閃爍之詞。如果天下的垃圾都會幻化為小孩子，那些拾荒的人還敢去亂翻個不停嗎？我們是垃圾變的？真是不可思議。

到了小學五年級的時候，除了堂兄、弟弟和父親之外，對於異性，只有遙遙相望，是不可能有機會去說一句話的。我們女生班的導師一向也是女的，除了一個新來的美術老師。他給我的印象深，也和性別有關。第一天上課時，男老師來，自我介紹姓名之後，又用台灣國語說：「我今年二十四歲，還是一枝草。」那句話說了還嫌不夠，又在黑板上順手畫了一枝蘆草。我們做孩子的立即哄笑起來。起碼很明白的聽出了他尚未成家的意思——很可憐自己的那份孤零就在這句話裏顯了出來。

「那我是一朵花呀！」我跟鄰位的小朋友悄悄的說。老師第一天來就兇了人，因為上課講話。他問我：「講什麼，說？!」我站起來說我是一朵花。全班又笑得翻天覆地，老師也笑個不停，就沒有罰。

那時候我們在學校也是分派的，情感好的同學，因為好到不知要怎麼辦才能表明心跡，於是就去結拜姐妹。當然，不懂插香發誓等等，可是在校園一棵樹下，大家勾手指，勾了七下，又報生辰，結了七個金蘭。大姐的名字我仍然記得，就是當今政治大學總教官的太太，叫王美娟。我排最小，老七。

義結姐妹以後，心情上便更親愛了，上學走路要繞彎，一家一家門口去喊那人的名字，叫到她蹦出來為止。中午吃便當就不會把飯盒半掩半開的不給旁人看是什麼菜了，大家打開飯盒交換各家媽媽的愛。吃飯也只得十五二十分鐘，因為課業重。可是講閒話必是快速的搶著講，那段時光最是一生中最大的快樂。

那時候，我們其中有一位發育得比較早的同學，在生理上起了變化，她的母親特別到學校來，跟女導師講悄悄話，她坐在位置上羞羞的哭。等到下課的時候，大家都圍上去，問她到底是怎麼回事，她死不肯講，只是又哭。老師看見我們那個樣子，就說：「好啦！這種小事情將來每個同學都要經歷的，安靜回座位去念書呀！不要再問了。」

吃中飯時，我們就談起來了。「她媽媽講流血啊什麼鬼的，我坐第一排，聽到啦。」我說。「流血什麼意思？」「就是完蛋了！」「怎麼完？」「就是從此要當心了，一跟男生拉手，就死了。」「怎麼會死？」「不是真死啦！傻瓜，是會生出一個小孩子來。」「小孩子是這樣來的呀！」我們聽得變色。

「沒有那麼簡單，真笨！還要加親吻的，不親只拉手小孩子哪裏會出來？」其中一個楊曼雲就講了。「一親一吻，血跟男人就會混了，一混，小孩就跑出來了。」

我們七個姐妹嚇得很厲害，慶幸自己的血暫時還不會跟什麼人能混，發誓要淨身自愛，別說接吻了，連手也不要去跟人碰一下才能安全。從那次以後，在學校看見我那同住一個大家庭的小堂哥陳存，都不跟他講話。

雖然對於生小孩子這件事情大家都有極大的恐懼，可是心裏面對那些鄰班的男生實在並沒有惡感。講起男生來當然是要罵的，而且罵得很起勁，那只是虛張聲勢而已。

其實，我們女生的心裏都有在愛一個男生。

這種心事，誰都不肯明講。可是男生班就在隔壁，那些心中愛慕的對象每天出出進進，早也將他們看在眼裏、放在心底好一陣子了。

多看了人，那些男生也是有感應的，不會不知道，只是平時裝成趾高氣揚，不太肯回看女生。朝會大操場上集合時，還不是輕描淡寫的在偷看。這個，我們女生十分了然。

有一天我們結拜姐妹裏一個好傢伙居然跟鄰班的男生講了三兩句話。等我們悄悄聚在一起時，才說，男生也有七個，約好以後的某一天，雙方都到學校附近的一個小池塘邊去。這叫做約會，男女的。我們也懂得很。

問我們敢不敢去，大家都說敢。可是如何能夠約時間和哪一天，實在不能再去問，因為眾目睽睽，太危險了。

沒想到第二日，就有要跟我們約會的那群男生，結隊用下課的時間在我們教室的走廊上罵架，指名罵我們這七個姐妹。不但罵，而且拿粉筆來丟我們，最後乾脆丟進一個小布袋的斷粉筆來。我們衝出去回罵，順手撿起了那個白粉撲撲的口袋。圍得密密的人牆——七個，打開袋子，裏面果然藏著一張小紙片，寫著——就在今天，池塘相會。

事情真的來了，我第一個便心慌。很害怕，覺得今生開始要欺騙媽媽了，實在不想去做。我是六歲便進了小學的，年紀又比同學要小一些。男女之事，大人老講是壞事，如何在六年級就去動心了？媽媽知道要很傷心的。倒沒有想到老師和學校，因為我心中最愛的是媽媽。

要面子，不敢臨陣脫逃，下了課，這七個人背了書包就狂跑，一直跑一直跑，跑到那長滿了遍地含羞草的池塘邊去。也許女生去得太快了，池塘邊男生的影子也沒一個。當時，在台北市，含羞草很多的。我最喜歡去逗弄它們，一碰就羞得立即合上了葉子。等它合了好久好久，以為可以不羞了，我又去一觸，剛剛打開的那片綠色，嘩一下又閉起來了。

就蹲在池邊跟草玩，眼睛不時抬起來向遠處看，眼看夕陽西下，而夜間的補習都要開始了，男生們根本沒有出現。離開池塘時，我們七個都沒有講太多話，覺得自尊心受了傷害，難堪極了。

也不敢去問人家為何失約，也不再裝腔作勢的去罵人了，只是傷心。那時候快畢業了，課業一日加重一日，我們的心情也被書本和老師壓得快死了，也就不再想愛情的事情，專心念起書來。

總也感染到了離愁，班上有小朋友開始買了五顏六色的紀念冊，在班上傳來傳去。或留幾句話，或貼一張小照片，寫上一些傷感與鼓勵的話語，也算枯燥生活中心靈上一些小小的漣漪。

男生班裏有一個好將——不是我中意的那個，居然將他一本淺藍色的紀念冊偷運進了我們七姐妹的書包裏。我們想，生離死別就在眼前，總得留些話給別人，才叫義氣，這個風險一定要冒一下的。於是，在家中大人都睡下的時候，我翻出了那本紀念冊，想了一下就寫——「沈飛同學：好男兒壯志凌雲。陳平上。」寫完我去睡覺了。紀念冊小心藏進書包裏，明日上學要傳給另外的女生去寫。

第二天早晨，媽媽臉色如常，我匆匆去學校了。

等到深夜放學回家，才見父母神色凝重的在客廳坐著。媽媽柔聲可是很認真的問：「妹妹，昨天，妳寫的那本紀念冊是給男生的，別以為我們不知道。好男兒壯志凌雲，是什麼意思？」我羞恥得立即流下了眼淚，細聲說：「我想，他長大了要去當空軍。」「他當空軍？妳怎麼會知道？交談過了嗎？」我拚命的搖頭，哪裏曉得他要做什麼，只因為他名字上就一個「飛」字，我才請他去凌雲的。

父母沒有罵也沒有打，可是我知道跟男生接觸是他們不高興的事。仍然拚命流淚。後來，父母說以後再也不許心裏想這種事情，要好好用功等等，就放我上床去了。

眼看畢業典禮都快來了，男生那一群也想赴死一戰，又傳了話過來，說，填好「初中聯考志願單」的第二天是個星期日，學校只那一次不必補習，要約我們七個去台北市延平北路的「第一劇場」看一次電影。

我雖然已經被父母警告過了，可是還是不甘心，加上那時候鉛筆盒底下一直放著拾塊錢——足夠用了。就想，反正又不跟男生去靠，更不拉手，看場電影了此心願，回家即使被發現了受罰，也只有受下來算了。

那時候，坐公共汽車好像是三毛錢一張票，電影要六塊。我們七個人都有那些錢。也不知，女生看電影，在當時的社會是可以由男生付帳的。

很緊張的去了，去了六個，王美娟好像沒有參加，反正是六個人。也沒有出過遠門，坐公車不比走路上學，好緊張的。我們沒有花衣服，一律穿制服——白衣黑裙。

延平北路那家「榮安銀樓」老店旁的電線杆下，就聚著那群男生。我們怯怯的還沒有走到他們面前，他們看見我們來了，馬上朝「第一劇場」的方向走去。男生走，我們在好遠的後面跟。等到窗口買票時，男生不好意思向售票小姐講：後面來的女生最好給劃同一排的票。他們買了票，看了我們幾眼，就進去了。我們也買了票，進去坐下，才發現男生一排坐在單號左邊，我們一排在雙號右邊好幾排之後。

那場電影也不知道在演些什麼。起碼心裏一直亂跳，不知散場以後，我們和男生之間的情節會有什麼發展。

散場了，身上還有三塊多錢。這回是女生走在前面，去圓環吃一碗仙草冰，男生沒有吃，站得遠遠的，也在一根電線杆下等。後來，公車來了，同學都住一區的，坐同樣的車回家，也是前後車廂分坐，沒有講話。

下車，我們又互看了一次，眼光交錯的在一群人裏找自己的對象。那一場拚了命去赴的約會，就在男生和男生喊再見，女生跟女生揮手的黃昏裏，這麼樣過去了。

一生的愛。

那時候，或說一直到現在，我仍是那種拿起筆來一張桌子只會畫出三隻腳，另外一隻無論如何不知要將它擱在哪裏才好的人。如果畫人物或鳥獸，也最好是畫側面的，而且命令他們一律面向左看。向右看就不會畫了。

小學的時候，美術老師總是拿方形、圓錐形的石膏放在講台上，叫我們畫。一定要畫得「像」，才能拿高分。我是畫不像的那種學生，很自卑，也被認為沒有藝術的天分。而藝術卻是我內心極為渴慕的一種信仰，無論戲劇、音樂或舞蹈，其實都是愛的。

就因為美術課畫什麼就不像什麼，使我的成績，在這一門課上跟數學差不多。美術老師又兇又嚴肅，總是罰畫得不好的同學給他去打掃房間。那一年，我是一個小學五年級的孩子，放學了，就算不做值日的那一排要整理教室，也是常常低著頭，吃力的提著半桶水——給老師洗地去啦！因為畫不像東西。

美術課是一種痛苦，就如「雞兔同籠」那種算術題目一樣。我老是在心裏恨，恨為什麼偏要把雞和兔子放在一個籠子裏叫人算牠們的腳。如果分開來關，不是沒有這種演算的麻煩了嗎？而美術，又為什麼偏要逼人畫得一模一樣才會不受罰？如果老師要求的就是這樣，又為什麼不用照相機去拍下來呢？當然，這只是我心裏的怨恨，對於什麼才是美，那位老師沒有講過，他只講「術」。不能達到技術標準的小孩，就被譏笑為不懂美和術。我的小學美術老師是個不學無術的傢伙，這，是現在才敢說給他的認識。

本來，我的想像力是十分豐富的，在美術課上次次被扼殺，才轉向作文上去發展了——用文字和故事，寫出一張一張畫面來。這一項，在班上是拿手的，總也上壁報。

說起一生對於美術的愛，其實仍然萌芽在小學。

那時候，每到九月中旬，便會有南部的軍隊北上來台北，等待十月十日必然的閱兵典禮。軍人太多，一時沒有地方住，便借用了小學的部分教室做為臨時的居所。兵來，我們做小孩的最歡迎，因為平淡的生活裏，突然有了不同的顏色加入，學校生活變得活潑而有生趣。下課時，老兵們會逗小孩子，講槍林彈雨、血肉橫飛又加鬼魅的故事給我們聽。也偶爾會看見兵們在操場大樹上綁一條哀鳴的土狗，用刺刀剝開狗的胸腔，拿手伸進去掏出內臟來的時候，那隻狗還在狂叫。這驚心動魄的場面，我們做小孩的，又怕又愛看，而日子便很多彩又複雜起來了。

每一年，學校駐兵的時候，那種氣氛便如過年一樣，十分激盪孩子的心。

在學校，我的體育也是好的，尤其是單槓，那時候，每天清晨便往學校跑，去搶有限的幾根單槓。本事大到可以用雙腳倒吊著大幅度的晃。蝙蝠睡覺似的倒掛到流出鼻血才很高興的翻下來，然後用腳擦擦沙土地，將血跡塗掉，很有成就感的一種出血。

兵駐在學校的時候，我也去練單槓。

那天也是流鼻血了，安靜的校園裏，兵們在蹲著吃稀飯饅頭。我擦鼻血，被一個偶爾經過的少校看見了；認識那一顆梅花的意義。那個軍官見我臉上仍有殘血，正用袖子在擦，就說：「小妹妹，妳不要再倒掛了，跟我去房間，用毛巾擦一下臉吧！」我跟他去了，一蹦一跳的，跟進了他獨立的小房間；大禮堂後面的一個房內。那時，駐的兵是睡教室裏的，有些低年級的同學讓出了教室，就分上下午班來校，不念全天了。官，是獨佔一小間的。

軍官給我洗臉，我站著不動。也就在那一霎間，看見他的三夾板牆上，掛了一幅好比報紙那麼大的素描畫。畫有光影，是一個如同天使般煥發著一種說不出有多麼美的一張女孩子的臉——一個小女孩的臉。

我盯住那張畫，吃了一驚，內心就如初見殺狗時所生出的那種激盪，澎湃出一片汪洋大海。殺活狗和一張靜態畫是如此不同的一回事，可是沒有別樣的形容可以取代了。

那是一場驚嚇，比狗的哀鳴還要嚇。是一聲輕微低沉的西藏長號角由遠處雲端中飄過來，飄進了孩子的心。那一霎間，透過一張畫，看見了什麼叫做美的真諦。

完全忘記了在哪裏，只是盯住那張畫看，看了又看，看了又看，看到那張臉成了自己的臉。

那個軍官見我雙眼發直，人都僵了，以為是他本人嚇住了我，很有些著急要受拖累，便說：「小妹妹，妳的教室在哪裏？快去上課吧！快出去囉！」我也是個敏感的孩子，聽見他暗示我最好走開，便鞠了一個躬快步走了。

自從那日以後，每堂上課都巴望著下課的搖鈴聲，鈴聲一響，我便快速的衝出教室往操場對面的禮堂奔跑，禮堂後面的小間自然不敢進去，可是窗口是開的。隔著窗戶，我癡望著那張畫，望到心裏生出了一種纏綿和情愛——對那張微微笑著的童顏。

也拉同學去偷看，大家都覺得好看，在窗外吱吱喳喳的擠著。看到後來，沒有人再關心那幅畫，只有我，一日跑上七八次的去與那位神秘的人臉約會。

也是一個下課的黃昏，又去了窗口。斜陽低低的照著已經幽暗的房間，光線濛濛的貼在那幅人臉上，孩子同樣微笑著。光影不同，她的笑，和白天也不同。我戀著她，帶著一種安靜的心情，自自然然滴下了眼淚。

一次是看《紅樓夢》，看到寶玉出家，雪地中遇見泊舟客地的父親，大拜而別，那一次，落過淚。同一年，為了一個畫中的小女孩，又落一次淚。那年，我十一歲半。

美術老師沒有告訴我什麼是美，因為他不會教孩子。只會兇孩子的人，本身不美，怪不得他。而一次軍隊的紮營，卻開展了我許多生命的層面和見識，那本是教育的工作，卻由一群軍人無意中傳授了給我。

十月十日過去了，軍隊要開回南部，也表示那張人臉從此是看不到了，軍官會捲起她，帶著回營。而我沒有一絲想向他討畫的渴求，那幅最初對美的認知，已經深入我的心靈，誰也拿不去了。

十二歲多一點，我已是一個初中學生了，仍上美術課，畫的是靜物；蠟做的水果。對於蠟做的東西，本身便欠缺一份真正水果的那份水分飽透而出的光澤和生命，是假的色和不自然的光，於是心裏又對它產生了抗拒。也曾努力告訴自己——把水果想成是真的，看了想上去咬一大口的那種紅蘋果；用念力將蠟化掉，畫出心中的水果來。可惜眼高手低，終是不成，而對於做為藝術家的美夢，再一次幻滅。這份挫敗感，便又轉為文字，寫出「秋天的落葉如同舞倦了的蝴蝶」這樣的句子，在作文簿上，得了個滿堂紅彩加上老師評語——「有寫作潛能，當好自為之」的鼓勵來。

實在熱愛的仍是畫，只因不能表達內心的感受於萬一，才被逼去寫作文的。這件事，愛畫的心事，使得我雖然沒有再熱心去上美術課，卻注意起畫冊來了。

我的二堂哥懋良，當時是與我父母同住的，因為大伯父與大伯母去了一陣香港。堂哥念師大附中時我尚在小學，只記得他在高中時，愛上了音樂，堅持不肯再上普通學校，並且當著我父親——他叔叔的面前，將學生證撕掉，以示決心。大人當然拿他沒有辦法，只有憂心忡忡的順著他，他去了作曲老師蕭而化那邊，做了私人的學生。

我看的第一本畫冊，一巨冊的西班牙大畫家畢卡索的平生傑作，就是那個一天到晚彈琴不上學的二哥給我看的東西。

二哥和我，都是家中的老二，他是大房的，我是二房的。我們兩匹黑羊，成了好朋友。看見畢卡索的畫，驚為天人。噯！就是這樣的，就是我想看的一種生命，在他的桃紅時期、藍調時期、立體畫、變調畫，甚而後期的陶藝裏看出了一個又一個我心深處的生命之力和美。

過不久，我也休學了，步上二哥的後塵。休學後被帶去看醫生，醫生測驗我的智商，發現只得六十分，是接近低能兒童的那種。

我十三歲了，不知將來要做什麼，心裏憂悶而不能快樂。二哥說，他要成為一個作曲家——今天在維也納的他，是一位作曲家。而我，也想有一個願望，我對自己說：將來長大了，去做畢卡索的另外一個女人。急著怕他不能等，急著怕自己長不快。他在法國的那幢古堡被我由圖片中看也看爛了，卻不知怎麼寫信去告訴畢卡索，在遙遠的地方，有一個女孩子急著要長到十八歲，請他留住，不要快死，直到我去獻身給他。

這一生，由畫冊移情到畫家身上，只有專情的對待過畢卡索。他本人造型也美，而且愛女人，這又令我欣賞。藝術家眼中的美女，是真美女。畢卡索畫下的女人，個個深刻，是他看穿了她們的骨肉，才有的那種表達。那時候，我覺得自己也美，只有藝術家才懂的一種美。

可是人太小了。快長大的願望不能由念力中使身材豐滿，而我的心靈一直急著吸取一切能夠使我更成熟的東西。回想起來，那些人為的間接人生體驗，終因實際生活的直接經驗太少，而無法自然結合，那是勉強不來的。急著長大，使我失落了今生無法再拾回的少女時代，雖說那是十分可惜的事，倒也沒有真的後悔過。

沒有等到見到他，畢卡索死了。報上刊出一代巨星消失在今世的消息時，我的床畔早已有了另外許多許多畫冊，而且自己也開始在畫畫了。畢卡索的死，對我來說，也是一種教化，使我認知了藝術不死的真理，並沒有為他的離世流下一滴眼淚。而我，由那時候開始，便沒有想嫁藝術家了，一直再沒有了這個念頭。

許多年過去了，西柏林展出了畢卡索「性愛素描」的全部作品。我一趟一趟的去展覽會場流連，方知性愛的極美可以達到畫中的那個深度。那不只是《查泰萊夫人的情人》這本書教給我唯一的感動，那又是畢卡索的另一次教化。今生再見一次驚心動魄，如同小學時操場上那個睜大了眼睛的孩子。

過了又幾年，西班牙巴塞隆納城成立了「畢卡索美術館」，我又去了那兒，在一幅又一幅名畫真跡面前徘徊不捨。

回想一生對於美術的摯愛，心中浮上的卻是國民學校小房間中那個女童的臉。我知畢卡索的靈魂正在美術館中省視著我，而我，站在那一張張巨著之前，感激的卻是那個動了憐憫之心帶我去擦血的軍官。如果不是當年他牆上的一幅畫，如何能夠進入更深的殿堂之門？我猜想，畢卡索如果知道這一故事，也是會動心的。那個軍官和小女孩的故事。

蝴蝶的顏色。

回想起小學四年級以後的日子，便有如進入了一層一層安靜的重霧，濃密的悶霧裏，甚而沒有港口傳來的船笛聲。那是幾束黃燈偶爾掙破大氣而帶來的一種朦朧，照著鬼影般一團團重疊的小孩，孩子們留著後頸被剃青的西瓜皮髮型，一群幾近半盲的瞎子，伸著手在幽暗中摸索，摸一些並不知名的東西。

我們總是在五點半的黑暗中強忍著渴睡起床，冬日清晨的雨地上，一個一個背著大書包穿著黑色外套和裙子的身影微微的駝著背。隨身兩個便當一只水壺放在另一個大袋子裏，一把也是黑色的小傘千難萬難的擋著風雨，那雙球鞋不可能有時間給它晾乾，起早便塞進微溼的步子裏走了。

我們清晨六點一刻開始坐進自己的位置裏早讀，深夜十一時離開學校，回家後喝一杯牛奶，再釘到家中的飯桌前演算一百題算術，做完之後如何躺下便不很明白了，明白的是，才一闔眼就該再起床去學校了。

這是面對初中聯考前兩年整的日子。

即使天氣晴朗，也偶爾才給去操場升國旗，高年級的一切都為著學業，是不能透一口氣的。早晨的教室裏，老師在檢討昨夜補習時同學犯的錯誤。在班上，是以一百分作準則的，考八十六分的同學，得給竹教鞭抽十四下。打的時候，衣袖自動捲起來，老師說，這樣鞭下去，皮膚的面積可以大一些。紅紅的橫血印在手臂上成了日常生活的點綴。

也不老是被抽打的，這要視老師當日的心情和體力情況而定，有時她不想拿鞭子，便坐著，我們被喊到名字的人，跑步上去，由她用力捏眼皮，捏到大半人的眼睛要一直紅腫到黃昏。當老師體力充沛的時候，會叫全班原位坐著，她慢慢的走下講台來，很用力的將並坐兩個同學的頭拚命的撞，我們咬著牙被撞到眼前金星亂冒、耳際一片嗡嗡的巨響還不肯罷手。也有時候，老師生氣，說不要見我們，烈日下剛剛吃完便當，要跑二十五圈才可以回來，如果有同學昏過去了，昏了的人可以抬到醫療室去躺一會兒才回來繼續上課。

我們中午有半小時吃飯的時間，黃昏也有半小時吃另一個便當的時間，吃完了，可以去操場上玩十五分鐘，如果是快速的吃。

白天，因為怕督學，上的是教育部編的課本，晚上，買的是老師出售的所謂參考書——也就是考試題。燈光十分暗淡，一題一題印在灰黃粗糙紙張上的小字，再倦也得當心，不要看錯了任何一行。同學之間不懂得輕聲笑談，只有伏案的沙沙書寫聲有如蠶食桑葉般的充滿著寂靜的夜。

標準答案在參考書後面，做完了同學交換批改，做錯了的沒什麼講解，只說：明天早晨來了再算帳，然後留下一大張算術回家去做。深夜十一點的路上，沉默的同學結伴而行，先到家的，彼此笑一笑，就進去了。

每天清晨，我總不想起床，被母親喊醒的時候，發覺又得面對同樣的另一天，心裏想的就是但願自己死去。

那時候，因為當年小學是不規定入學年齡的，我念到小學五年級時，才只有十歲半。

母親總是在我含淚吃早飯的時候勸著：「忍耐這幾年，等妳長大了才會是一個有用的人，媽媽會去學校送老師衣料，請她不要打妳……」

那時候，我的眼淚總是滴到稀飯裏去，不說一句話。我不明白，母親為什麼這麼殘忍，而她講話的語氣卻很溫柔而且也像要哭出來了似的。

有的時候，中午快速的吃完了便當，我便跑到學校角落邊的一棵大樹上去坐著，那棵樹沒有什麼人注意它，有粗粗的枝枒可以踩著爬上去，坐在樹蔭裏，可以遠遠的偷看老師的背影，看她慢慢的由辦公室出來向教室走去。遠看著老師，總比較安然。

老師常常穿著一種在小腿背後有一條線的那種絲襪，當她踩著高跟鞋一步一步移動時，美麗的線條便跟著在窄窄的旗袍下晃動，那時候，我也就跳下樹枝，往教室跑去。

面對老師的時候，大半眼光不敢直視，可是明明顯顯的可以看到她鮮紅的嘴唇還有胸前的一條金鍊子。在那種時候，老師，便代表了一種分界，也代表了一個孩子眼中所謂成長的外在實相——高跟鞋、窄裙、花襯衫、捲曲的頭髮、口紅、項鍊……

每天面對著老師的口紅和絲襪，總使我對於成長這件事情充滿了巨大的渴想和悲傷，長大，在那種等於是囚禁苦役的童年裏代表了以後不必再受打而且永遠告別書本和學校的一種安全，長大是自由的象徵，長大是一種光芒，一種極大的幸福和解脫，長大是一切的答案，長大是所有的詮釋……而我，才只有這麼小，在那麼童稚無力的年紀裏，能夠對於未來窺見一絲曙光的，就只有在那個使我們永遠處在驚恐狀態下女老師的裝扮裏。

我的老師那時候二十六歲，而我一直期望，只要忍得下去，活到二十歲就很幸福了。

常常在上課的時候發呆，常常有聲音，比老師更大的空空茫茫的聲音在腦海中迴響——二十歲——二十歲——二——十——歲——想得忘了在上課，想得沒有立即反應老師的問題，一只黑板擦丟過來，重重打上了臉頰；當時的個子矮，坐第一排的，那一次，我掩面從教室裏衝出去，臉上全是白白的粉筆灰，並不知道要奔到哪裏去！我實在沒有方向。

在校園的老地方，我靠住那棵大樹，趴在凸出來的樹根上哀哀的哭，想到那個兩年前吊死的校工，我又一次想到死。風，沙沙的吹過，撫慰了那一顆實在沒有一絲快樂的童心，我止了哭，跟自己說：要忍耐，要忍耐，媽媽會送衣料來給老師，就如其他帶禮物來看老師的家長一樣，一定要忍耐不可以吊死，如果可以忍到二十歲，那時候令人驚慌無比的老師和學校就一定有力量抵抗了。那時候，不會這麼苦了，現在——現在才十一歲，而我的現在，實在過不下去了。於是，我又趴在地上，放聲大哭起來。

那一次，是被老師拉回教室去的，她用一條毛巾給我擦臉，笑笑的，擦完了，我向她鞠了一個躬，說：「老師，對不起。」

作文課裏，沒有照題目寫，我說：

「想到二十歲是那麼的遙遠，我猜我是活不到穿絲襪的年紀就要死了，那麼漫長的等待，是一個沒有盡頭的隧道，四周沒有東西可以摸觸而只是灰色霧氣形成的隧道，而我一直踩空，沒有地方可以著力，我走不到那個二十歲……」

老師將作文念出來，大聲問：「妳為什麼為了絲襪要長大？妳沒有別的遠志嗎？陳平，妳的二十歲難道只要塗口紅、打扮、穿漂亮衣服？各位同學，你們要不要學她？……」

後來，老師要人重寫，我回家又急出了眼淚。晚上放學總有一百題算術，實在來不及再寫作文。簡短的寫了，整整齊齊的寫說：將來長大要做一個好教師是我的志願。老師是不可能懂得的，懂得一支口紅並不只是代表一支口紅背後的那種意義。

每天晚上，當我進入睡眠之前，母親照例提醒孩子們要禱告，而那時實在已是筋疲力盡了，我迷迷糊糊的躺下去，心裏唯一企盼的是第二天學校失火或者老師摔斷腿，那麼就可以不再上學。第二天早晨，夢中祈求的一切並沒有成真，我的心，對於神的不肯憐憫，總也覺得欲哭無淚的孤單和委屈。當年，我的信仰是相當現實的。

有一天，老師照例來上早課了，她忘了算前一日考錯題的帳，只是有氣無力的坐著，揮揮手叫我們自修、背地理。老師一直在查看她的桌子。然後突然問：「今天是誰最早到校？」大家說是陳平。她盯住我，問我進教室後做了什麼，我說是被一隻水牛一路追趕著沒命跑進學校的，後來丟燒餅給牛吃，牠還是追……「我不是問妳這些，妳動過了我的日記沒有？有沒有偷看？說！」我拚命搖頭，脹紅了臉，兩手不知不覺放到背後去。那次沒有被抽，而一個早晨的課卻都上得提心吊膽，老師不時若有所思的望我一眼，她終於叫了我的名字，一叫名字，我就彈了起來。

「把這封信送到後面六年甲班的李老師那裏去。」

我雙手接了信，發覺信封並沒有粘上，是一封淡藍的信。「不要再偷看，快快走。」老師說了一句。

走到轉彎的地方，我回了一下頭，發覺老師在教室的窗口看我，加快了腳步，轉了彎，老師看不見人影了，我快速的將信紙拉出來，看了一眼——既然一口咬定我偷看了，就偏偏偷看一次，免得冤枉。信上密密麻麻的全是日文，其中夾著兩個漢字——魔鬼，看見她居然叫一個男老師魔鬼，我嚇了一跳，匆匆摺好信，快步向六年級的教室走去，雙手交給李老師便回來了。

我猜，我的老師和李老師一定為著某種特定的理由而成仇。

那天吃完晚飯之後，班長氣喘喘的打手勢叫我們趕快出教室，我們放下了便當跟在她後面跑，偌大的校園在這黃昏的時候已經空曠了，只有補習的高年級是留下來的。

昏暗的大禮堂裏，老師坐著在彈風琴，琴凳上並坐著李老師，他的手環在彈琴女人的腰上。我們一群小孩閉住呼吸從窗縫裏偷看。

沒有想到，六年級的一群男生正好走過，他們也不知我們在張望什麼，大喊了一聲：「吊死鬼來呀——」彈琴的老師猛一回頭，站起來，我們拔腿便逃，彼此用力推擠著衝到自己的教室裏。那時，老師也追來了，第一排的一位同學桌上放了一包沒有糖紙包的那種硬水果糖，老師拿起袋子，一句話也不說便往我們丟，一時教室的空中飛滿了糖雨，而我們笑不出來。那天晚上，就被打了，沒有等到第二天早晨。打到很晚才給回去，半路上碰到拿手電筒來接的工人玉珍才知是深夜十二點了。我回去，又做了一百題算術才睡下。

我慢慢明白了，老師正在受著戀愛的折磨。對於她每天體罰的事情也生了寬恕之心，想來這麼打我們當作發洩必然是戀愛沒有成功。又想，一個老打小孩的女人，怎麼會有人愛她呢？其實，李老師是更狠的，他罰男生跪在一把破了布的雨傘骨頭上，跪完了的男生要別人扶才站得起來。有一次看見一個是爬回座位的。

戀愛是什麼我大概明白了，它是一種又叫對方魔鬼又跟魔鬼坐在一起彈「堤邊柳／到秋天／葉飄零……」的那種黃昏歌調。

二十歲的年齡，除了可以穿絲襪之外，想來更有一些我們不知的東西——那種很抽象的東西，在裏面潛伏著，而我，對於那份朦朧，卻是想像不出的。我漸漸的順服在這永無止境的背書默寫和演算習題的日子裏，不再掙扎。偶爾，想到如果不死，便可以長大，心裏浮出的是一種無所謂的自棄和悲哀。

督學還是來了，在我們補習的正當時，參考書被收去了，堆在教室的門外，老師的臉，比打人時還青白。我們靜靜的散課離校，一路上十分沉默，好似一個一個共犯，有些羞慚，有些擔心，又有些自覺罪惡的喜上心頭。

第二天，老師紅著眼睛說：「我給你們補習，也是為了使你們將來考上好的初中，做一個有用的人，這一點，想來你們是諒解的。至於補習費，老師收得也不多……」

我專注的直視著老師，想到她的生活和作息，想到那偶爾一次的和男老師共彈風琴，想到她連戀愛的時間也不太多，心裏對她和自身成年的未來，浮起了另一份複雜的憐憫與茫然。

我從來沒有恨過我的小學老師，我只是怕她怕得比死還要厲害。

督學來過之後，我們有整整十天不用夜間補習，不但如此，也有躲避球可打，也有郊外美術寫生，可以只提一個空便當盒在黃昏的時候一路玩回家，而回家的習題卻是加多了。這並不要緊，那時候我念初二的姐姐還沒有入睡，她學我的字體寫阿拉伯字，她做一半，我做一半，然後禱告懺悔姐姐的代寫作業，微笑著放心入睡。

那只是十天的好日子而已，我一日一日的當當心心的計算，而日子卻仍然改變了。有一天，老師笑吟吟的說：「明天帶兩個便當來，水彩和粉蠟筆不用再帶了，我們恢復以往的日子。」聽著聽著，遠方的天空好似傳來了巨大的雷響，接著彤雲滿佈，飛快的籠罩了整個的校園，而我的眼睛，突然感到十分乾澀，教室裏昏黃的燈光便一盞一盞半明半暗的點了起來。那兩年，好似沒有感覺到晴天，也就畢業了。

暑日的烈陽下，父親看榜回來，很和藹的說：「榜上沒有妹妹的名字，我們念靜修女中也是一樣好的。」

我很喜歡靜修女中，新生訓練的時候，被老師帶著穿過馬路去對面的操場上玩球，老師沒有兇我們，一直叫我們小妹妹。

沒有幾天，我回家，母親說父親放下了公事趕去了另一所省女中，為著我聯考分數弄錯了的一張通知單。父親回來時，擦著汗，笑著對我說：「恭喜！恭喜！妳要去念台灣最好的省女中了。」一時裏，那層灰色的霧又在呼呼吹著的風扇聲裏聚攏起來，它們來得那麼濃，濃到我心裏的狂喊都透不出去，只看見父母在很遙遠的地方切一片淡紅色的冰西瓜要給我吃。

上了省中，父母要我再一次回到小學向老師再一次道謝培育之恩，我去了，老師有些感觸的摸摸我的頭，拿出一本日記簿來送給我，她很認真而用心的在日記的第一頁上寫下了幾個正楷字，寫的是：「陳平同學，前途光明。」

日子無論怎麼慢慢的流逝總也過去了，有一天我發覺已經二十歲，二十歲的那一年，我有兩雙不同高度的細跟鞋，一支極淡的口紅，一雙小方格網狀的絲襪，一頭燙過的捲髮，一條鍍金的項鍊，好幾只皮包，一個屬於自己的房間、唱機和接近兩千本藏書。不但如此，那時候，我去上了大學，有了朋友，仍在畫畫，同樣日日夜夜的在念書，甚而最喜歡接近數學般的邏輯課，更重要的是，我明白了初戀的滋味——

想到小學老師贈給我的那幾個字，它們終於在陽光下越變越鮮明起來。流去的種種，化為一群一群蝴蝶，雖然早已明白了，世上的生命，大半朝生暮死，而蝴蝶也是朝生暮死的東西，可是依然為著牠的色彩目眩神迷，覺著生命所有的神秘與極美已在蛻變中彰顯了全部的答案。而許多彩色的蝶，正在紗帽山的谷底飛去又飛來。就這樣，我一年又一年的活了下來，只為了再生時蝴蝶的顏色。

驀然回首。

這兒不是泰安街，沒有闊葉樹在牆外伸進來。也不是冬天，正是炎熱的午後。

我的手裏少了那個畫箱，沒有夾著油畫，即使是面對的那扇大門，也是全然陌生的。

看了一下手錶，早到了兩分鐘。

要是這一回是看望別的朋友，大概早就嚷著跑進去了，守不守時又有什麼重要呢！

只因看的人是他，一切都不同了。

就那麼靜靜的站在門外的烈陽下，讓一陣陣熟悉而又遙遠的倦怠再次淹沒了自己。

我按鈴，有人客氣的領我穿過庭院。

短短的路，一切寂靜，好似永遠沒有盡頭，而我，一步一步將自己踩回了少年。

那個少年的我，沒有聲音也沒有顏色的我，竟然鮮明如故。什麼時候才能掙脫她的陰影呢！

客廳裏空無一人，有人送茶來，我輕輕道謝了，沒有敢坐下去，只是背著門，看著壁上的書畫。

就是這幾秒鐘的等待，在我都是驚惶。

但願有人告訴我，顧福生出去了，忘了這一次的會晤，那麼我便可以釋然離去了。

門開了，我急速的轉過身去。我的老師，比我大不了多少的啟蒙老師，正笑吟吟的站在我的面前。

我向他跨近了一步，微笑著伸出雙手，就這一步，二十年的光陰飛逝，心中如電如幻如夢，流去的歲月了無痕跡，而我，跌進了時光的隧道裏，又變回了那年冬天的孩子——情怯依舊。

那個擦亮了我的眼睛，打開了我的道路，在我已經自願淹沒的少年時代拉了我一把的恩師，今生今世原已不盼再見，只因在他的面前，一切有形的都無法回報，我也失去了語言。

受教於顧福生老師之前，已在家中關了三年多，外界如何的春去秋來，在我，已是全然不想知覺了。

我的天地，只是那幢日式的房子、父親母親、放學時歸來的姐弟，而這些人，我是絕不主動去接觸的。

向街的大門，是沒有意義的，對我，街上沒有可走的路。

小小的我，唯一的活動，便是在無人的午後繞著小院的水泥地一圈又一圈的溜冰。

除了輪式冰鞋刺耳的聲音之外，那個轉不出圈子的少年將什麼都鎖進了心裏，她不講話。

初初休學的時候，被轉入美國學校，被送去學插花，學鋼琴，學國畫，而這些父母的苦心都是不成，沒有一件事情能使我走出自己的枷鎖。

出門使我害怕，街上的人更是我最怕的東西，父母用盡一切愛心和忍耐，都找不出我自閉的癥結。當然一週一次的心理治療只有反抗更重，後來，我便不出門了。

回想起來，少年時代突然的病態自有它的遠因，而一場數學老師的體罰，才驚天動地的將生命凝固成那個樣子。這場代價，在經歷過半生的憂患之後，想起來仍是心驚，那份剛烈啊，為的是什麼？生命中本該歡樂不盡的七年，竟是付給了它。人生又有幾個七年呢！

被送去跟顧福生老師學西畫並不是父母對我另一次的嘗試，而全然歸於一場機緣。

記得是姐姐的朋友們來家中玩，那天大概是她的生日吧！其中有一對被請來的姐弟，叫做陳繽與陳驌，他們一群人在吃東西，我避在一個角落裏。

陳驌突然說要畫一場戰爭給大家看，一場騎兵隊與印地安人的慘烈戰役。於是他趴在地上開戰了，活潑的筆下，戰馬倒地，白人中箭，紅人嚎叫，篷車在大火裏焚燒……

我不擠上去看那張畫，只等別人一鬨跑去了院子裏，才偷偷的拾起了那張棄在一旁的漫畫，悄悄的看了個夠。

後來陳驌對我說，那只是他畫著娛樂我們的東西而已，事實上他畫油畫。

陳驌的老師便是顧福生。

早年的「五月畫會」稍稍關心藝術的人都是曉得的，那些畫家們對我來說，是遠天的繁星。

想都不能想到，一場畫中的戰役，而被介紹去做了「五月」的學生。

要我下決心出門是很難的。電話中約好去見老師的日子尚早，我已是寢食難安。這不知是休學後第幾度換老師了，如果自己去了幾趟之後又是退縮了下來，要怎麼辦？是不是迫瘋母親為止？而我，在想到這些事情的前一步，就已駭得將房間的門鎖了起來。

第一回約定的上課日我又不肯去了，聽見母親打電話去改期，我趴在床上靜靜的撕枕頭套裏的棉絮。

仍然不明白那扇陌生的大門，一旦對我開啟時，我的命運會有什麼樣的改變。

站在泰安街二巷二號的深宅大院外，我按了鈴，然後拚命克制自己那份懼怕的心理。不要逃走吧！這一次不要再逃了！

有人帶我穿過杜鵑花叢的小徑，到了那幢大房子外另築出來的畫室裏去。我被有禮的請進了並沒有人，只有滿牆滿地的油畫的房間。

那一段靜靜的等待，我亦是背著門的，背後紗門一響，不得不回首，看見後來改變了我一生的人。

那時的顧福生——唉——不要寫他吧！有些人，對我，世上少數的幾個人，是沒有語言也沒有文字的。

喊了一聲「老師！」臉一紅，低下了頭。

頭一日上課是空著手去，老師問了一些普通的問題：喜歡美術嗎？以前有沒有畫過？為什麼想學畫……

當他知道我沒有進學校念書時，表現得十分的自然，沒有做進一步的追問和建議。

顧福生完全不同於以往我所碰見過的任何老師，事實上他是畫家，也不是教育工作者，可是在直覺上，我便接受了他——一種溫柔而可能瞭解你的人。

畫室回來的當日，堅持母親替我預備一個新鮮的饅頭，老師說那是用來擦炭筆素描的。母親說過三天再上課時才去買，我竟鬧了起來，怕三天以後買不到那麼簡單的東西。

事實上存了幾日的饅頭也是不能用了，而我的心，第一次為了那份期待而焦急。這份童稚的固執自己也陌生得不明不白。

「妳看到了什麼？」老師在我身旁問我。

「一個石像。」

「還有呢？」

「沒有眼珠的石像，瞎的。」

「再看——」

「光和影。」

「好，妳自己先畫，一會兒老師再來！」

說完這話，他便走了。

他走了，什麼都沒有教我，竟然走了。

我對著那張白紙和畫架發愣。

明知這是第一次，老師要我自己落筆，看看我的觀察和表達能有多少，才能引導我，這是必然的道理，他不要先框住我。

而我，根本連握筆的勇氣都沒有，一條線也畫不出來。

我坐了很久很久，一個饅頭靜靜的握在手裏，不動也不敢離去。

「怎麼不開始呢？」不知老師什麼時候又進來了，站在我身後。

「不能！」連聲音也弱了。

老師溫和的接過了我手中的炭筆，輕輕落在紙上，那張白紙啊，如我，在他的指尖下顯出了朦朧的生命和光影。

畫了第一次慘不忍睹的素描之後，我收拾東西離開畫室。

那時已是黃昏了，老師站在闊葉樹下送我，走到巷口再回頭，那件大紅的毛衣不在了。我一個人在街上慢慢的走。一步一步拖，回家沒有吃晚飯便關上了房門。

原本自卑的我，在跟那些素描掙扎了兩個多月之後，變得更神經質了。面對老師，我的歉疚日日加深，天曉得這一次我是付出了多少的努力和決心，而筆下的東西仍然不能成形。

在那麼沒有天賦的學生面前，顧福生付出了無限的忍耐和關心，他從來沒有流露過一絲一毫的不耐，甚至於在語氣上，都是極溫和的。

如果當時老師明白的叫我停課，我亦是沒有一句話的。畢竟已經拖累人家那麼多日子了。

那時候，我們是一週上兩次課，同學不多，有時全來，有時只有我一個。

別人是下課了匆匆忙忙趕來畫室，而我，在那長長的歲月裏，那是一週兩次唯一肯去的地方。雖然每一次的去，心中不是沒有掙扎。

有一日畫室中只有我一個人，凝望著筆下的慘敗，一陣全然的倦怠慢慢淹死了自己。

我對老師說：「沒有造就了，不能再累你，以後不要再來的好！」

我低著頭，只等他同意。

又要關回去了，又是長門深鎖的日子，躲回家裏去吧！在那把鎖的後面，沒有人看出我的無能，起碼我是安全的。

老師聽見我的話，深深的看了我一眼，微微的笑著，第一次問我：「妳是哪一年生的？」

我說了，他又慢慢地講：「還那麼小，急什麼呢？」

那時老師突然出去接一個電話，他一離開，我就把整個的上身撲倒在膝蓋上去。

我也不要做畫家，到底要做什麼，怎麼還會小，我的一生要如何過去，難道要鎖到死嗎？

「今天不要畫了，來，給妳看我的油畫，來，跟我到另外一間去，幫我來抬畫——」老師自然的領我走出去，他沒有叫我停課。

「喜歡哪一張？」他問。

老師知道什麼時間疏導我的情緒，不給我鑽牛角尖。畫不出來，停一停，不必嚴重，看看他的畫，說說別的事情。

那些蒼白纖細的人體，半抽象半寫真的油畫，自有它的語言在呼應著我的心，只是當時不能訴說內心的感覺。

以後的我，對於藝術結下了那麼深刻的摯愛，不能不歸於顧福生當年那種形式的畫所給予我的啟發和感動。

「平日看書嗎？」老師問我。

「看的，不出門就是在看書，父親面前也是有功課要背的。」我說。

「妳的感覺很特別，雖然畫得不算好——」他沉吟了一下，又問，「有沒有試過寫文章？」

「我沒有再上學，你也知道——」我吶吶的說。

「這不相干的，我這兒有些書籍，要不要拿去看？」他指指書架。

他自動遞過來的是一本《筆匯》合訂本，還有幾本《現代文學》雜誌。

「下次來，我們改畫水彩，素描先放下了，這樣好嗎？」老師在送我出門的時候突然講了這句話。

對於這樣一個少年，顧福生說話的口吻總也是尊重，總也是商量。即使是要給我改航道，用顏色來吸引我的興趣，他順口說出來都是溫柔。

那時候中國的古典小說、舊俄作家、一般性的世界名著我已看了一些，可是捧回去的那些雜誌卻還是看癡了去。

波特萊爾來了，卡繆出現了。里爾克是誰？橫光利一又是誰？什麼叫自然主義？什麼是意識流？奧德賽的故事一講千年，卡夫卡的城堡裏有什麼藏著？D. H.勞倫斯、愛倫坡、芥川龍之介、富田藏雄、康明斯、惠特曼——他們排山倒海的向我噬了上來。

也是在那狂風巨浪的衝擊裏，我看到了陳映真寫的——〈我的弟弟康雄〉。

在那幾天生吞活剝的急切求知裏，我將自己累得虛脫，而我的心，我的歡喜，我的興奮，是脹飽了風的帆船——原來我不寂寞，世上有那麼多似曾相識的靈魂啊！

再見顧福生的時候，我說了又說，講了又講，問了又問，完全換了一個人。

老師靠在椅子上微笑的望著我，眼裏露出了欣喜。他不說一句話，可是我是懂的，雖然年少，我是懂了，生命的共鳴、溝通，不是只有他的畫，更是他借給我的書。

「今天畫畫嗎？」他笑問著我。

「好呀！你看我買的水彩，一大堆哦！」我說。

對著一叢劍蘭和幾只水果，刷刷下筆亂畫，自信心來了，畫糟了也不在意，顏色大膽的上，背景是五彩的。

活潑了的心、突然煥發的生命、模糊的肯定、自我的釋放，都在那一霎間有了曙光。

那是我進入顧福生畫室的第三個月。

每堂下課，我帶回去的功課是他的書。

在家裏，我仍是不出門的，可是對父母和姐弟和善多了。

「老師——」有一日我在畫一只水瓶，順口喊了一句，自自然然的：「……我寫文章你看好不好？」

「再好不過了。」他說。

我回去就真的寫了，認認真真的寫了謄了。

再去畫室，交給他的是一份稿件。

我跟著老師六個月了。

交稿之後的上課日，那份畏縮又回來了，永遠去不掉的自卑，在初初探出觸角的時候，便打敗了沒有信心的自己。

老師沒有談起我的稿子，他不說，我不問，畫完畫，對他倦倦的笑一笑，低頭走了。

下一週，我沒有請假也沒有去。

再去畫室時，只說病了，低頭去調畫架。

「妳的稿件在白先勇那兒，《現代文學》月刊，同意嗎？」

這一句輕描淡寫的話如同雷電一般擊在我的身上，完全麻木了。我一直看著顧福生，一直看著他，說不出一個字，只是突然想哭出來。

「沒有騙我？」輕得幾乎聽不見的聲音了。

「第一次的作品，很難得了，下個月刊出來。」老師沒有再說什麼，他的淡，穩住了我幾乎氾濫的感觸。

一個將自己關了近四年的孩子，一旦給她一個小小的肯定，都是意外的驚惶和不能相信——更何況老師替我去摘星了。

那一場長長的煎熬和等待啊！等得我幾乎死去。

當我從畫室裏捧著《現代文學》跑回家去時，我狂喊了起來——「爹爹——」

父母以為我出了什麼事，踉蹌的跑到玄關的地方，平日的我，絕對不會那麼大叫的，那聲呼喚，又是那麼淒厲，好似要喊盡過去永不說話的啞靈魂一般。

「我寫的，變成鉛字了，你們看，我的名字在上面——」

父親母親捧住那本雜誌，先是愕然，再是淚光一閃。我一丟畫箱，躲進了自己的房間。

第二日，我還是照習慣在房間裏吃飯，那幾年我很少上大家的餐桌。姐弟們晚飯時講學校的事使我侷促，沉默的我總使全家的氣氛僵硬，後來我便退了。

不知不覺，我不上課的日子也懂得出去了。那時的長春路、建國北路和松江路都還沒有打通，荒荒涼涼的地段是晚飯前散步的好地方，那兒離家近，一個人去也很安全。

白先勇家原是我們的近鄰，白家的孩子我們當然是面熟的。

《現代文學》刊出我的短文過了一陣，我一個人又在松江路附近的大水泥筒裏鑽出鑽進的玩。空寂的斜陽荒草邊，遠遠有個人向我的方向悠悠閒閒的晃了過來，我靜靜的站著看了一下，那人不是白先勇嗎？

確定來的人是他，轉身就跑，他根本不認識我的，我卻一直跑到家裏，跑進自己的房間裏，砰一下把門關上了。背靠著門，心還在狂跳。

「差點碰上白先勇，散步的時候——」在畫室裏我跟顧福生說。

「後來呢？」

「逃走了！嚇都嚇死了！不敢招呼。」

「妳不覺得交些朋友也是很好的事情？」老師問說。

他這一問，我又畏縮了。

沒有朋友，沒有什麼朋友，唯一的朋友是我的老師和我的書。

過了一陣，老師寫了一個紙條給我，一個永康街的地址，一個美麗的名字——陳秀美。

那張地址，擱了一個多月也沒有動它。

被問了好幾次，說好已經轉人介紹了，只等我去一趟，認識一下白先勇的女同學，交一個朋友。

我迫不得已的去了，在永康街的那幢房子裏，結識了我日後的朋友——筆名陳若曦的她。

事隔多年，秀美再與我連絡上，問起我，當年她筆下的「喬琪」曾否看見我自己舊日的影子？

當年的老師，是住在家裏的，他的畫室築在與正屋分開的院子裏。

誰都知道顧家有幾個漂亮的女兒，有時候，在寂靜的午後，偶爾會有女孩子們的笑聲，滑落到我們的畫室裏來，那份小說世界裏的流麗，跟我黯淡的生活是兩岸不同的燈火，遙不可及。

有一個黃昏，我提了油污斑斕的畫箱下課，就在同時，四個如花似玉、嬌嬌滴滴的女孩兒也正好預備出門。我們碰上了。

那一剎那，彼此都有驚異，彼此都曾打量，老師介紹說，都是他的姐妹。我們含笑打了招呼，她們上車走了。

在回家的三輪車上，我低頭看著自己沒有顏色的素淡衣服，想著剛剛使人目眩神迷，驚鴻而去的那一群女孩，我方才醒覺，自己是一隻什麼樣的醜小鴨。

在那樣的年紀裏，怎麼未曾想過外表的美麗？我的衣著和裝扮，回憶起來只是一片朦朧，鮮豔的顏色，好似只是畫布上的點綴，是再不會沾到身上來的。

在我們的家裏，姐姐永遠在用功讀書，年年做班長——她總是穿制服便很安然了。

驚覺自己也是女孩子，我羞怯的向母親要打扮。母親帶著姐姐和我去定做皮鞋，姐姐選了黑漆皮的，我摸著一張淡玫瑰紅的軟皮愛不釋手。

沒有路走的人本來是不需鞋子的，穿上新鞋，每走一步都是疼痛，可是我近乎欣悅的不肯脫下它。

那時，國外的衣服對我們家來說仍是不給買的。

有一日父母的朋友從國外回來，送了家中一些禮物，另外一個包裹，說是送給鄰近趙姐姐的一件衣服，請母親轉交。母親當日忙碌，沒有即刻送過去。

我偷開了那個口袋，一件淡綠的長毛絨上衣躺在裏面。

這應該是我的，加上那雙淡紅的鞋，是野獸派畫家馬蒂斯最愛的配色。

第二天下午，我偷穿了那件別人的新衣，跑到畫室去了。

沒有再碰到顧家的女兒，在我自以為最美麗的那一刻，沒有人來跟我比較。

我當當心心的對待那件衣服，一不小心，前襟還是沾上了一塊油彩。

潛回家後，我急急的脫下了它，眼看母親在找那件衣服要給人送去，而我，躲在房中怎麼樣也擦不掉那塊沾上的明黃。

眼看是沒有別的法子，我拿起剪刀來，像剪草坪似的將那一圈沾色的長毛給剪掉了，然後摺好，偷偷放回口袋中。母親拿起來便給趙姐姐送新衣去了。

當年的那間畫室，將一個不願開口，不會走路，也不能握筆，更不關心自己是否美麗的少年，滋潤灌溉成了夏日第一朵玫瑰。

《現代文學》作品的刊出，是顧福生和白先勇的幫助，不能算是投稿。

我又幻想了一個愛情故事，一生中唯一不發生在自己身上的故事，悄悄試投《中央日報》，過不久，也刊了出來。

沒敢拿給老師看，那麼樣的年紀居然去寫了一場戀愛，總是使人羞澀。

在家裏，我跟大家一起吃飯，也會跟弟弟驚天動地的打架了。

可是我仍很少出門，每週的外出，仍是去泰安街，在那兒，我也是安全的。

老師自己是一個用功的畫家，他不多說話，可是在他的畫裏，文學的語言表達得那麼有力而深厚，那時候他為自己的個展忙碌，而我並不知道，個展之後他會有什麼計畫。

他的畫展，我一趟一趟的跑去看，其中有兩張，都是男性人體的，我喜歡得不得了，一張畫名字已不記得了，可是至今它仍在我的腦海裏。另一張，一個趴著的人，題為「月夢」。

沒有能力買他的畫，我心中想要的好似也是非賣品。

在去了無數次畫展會場之後，下樓梯時碰到了老師，我又跟他再一起去看了一次，他以為我是第一次去，我也不講。

那時候，我學畫第十個月了。

顧福生的個展之後，我們又恢復了上課。

我安然的跟著老師，以為這便是全部的生命了。

有一日，在別的同學已經散了，我也在收拾畫具的時候，老師突然說：「再過十天我有遠行，以後不能教妳了！」

什麼，什麼，他在說什麼？

第一秒的反應就是閉住了自己，他再說什麼要去巴黎的話，聽上去好似遙遠遙遠的聲音，我聽不見。

我一句話都沒有說，只是對他笑了一笑。

「將妳介紹給韓湘寧去學，他畫得非常好，也肯收學生，要聽話，我走了妳去跟他，好嗎？」

「不好！」我輕輕的答。

「先不要急，想一想，大後天妳來最後一次，我給妳韓湘寧的地址和電話——」

那天老師破例陪我一直走到巷口，要給我找車，我跟他說，還不要回家，我想先走一段路。

這長長的路，終於是一個人走了。

一盞盞亮起來的街燈的後面，什麼都仍是朦朧，只有我自己的足音，單單調調的迴響在好似已經真空的宇宙裏。

那艘叫做什麼「越南號」的大輪船，飄走了當年的我——那個居住在一顆小小的行星上的我，曾經視為珍寶的唯一的玫瑰。

他是這樣遠走的，受恩的人，沒有說出一句感謝的話。

十年後的芝加哥，在密西根湖畔厲裂如刀的冬風裏，我手中握著一個地址，一個電話號碼，也有一個約定的時間，將去看一個當年改變了我生命的人。

是下午從兩百哩路外趕去的，訂了旅館，預備見到了他，次日清晨再坐火車回大學城去。

我在密西根大道上看櫥窗，蜷在皮大衣裏發抖，我來來回回的走，眼看約定的時間一分一秒在自己凍僵的步子下踩掉。在那滿城輝煌的燈火裏，我知道，只要揮手叫一輛街車，必有一扇門為我打開。

見了面說些什麼？我的語言、我的聲音在那一刻都已喪失。那個自卑的少年如舊，對她最看重的人，沒有成績可以交代，兩手空空。

約定的時間過了，我回到旅館的房間裏，黑暗的窗外，「花花公子俱樂部」的霓虹燈兀自閃爍著一個大都會寂寞冷淡的夜。

那時候，在深夜裏，雪，靜靜的飄落下來。

第一次不敢去畫室時被我撕碎的那一枕棉絮，是窗外十年後無聲的雪花。

那個漫天飛雪的一九七一年啊！

我們走出了房子，經過庭院，向大門外走去。

一個大眼睛的小女孩穿著冰鞋跌跌撞撞的滑著。

「這是八妹的孩子。」顧福生說。

望著那雙冰鞋，心中什麼地方被一陣溫柔拂過，我向也在凝望我的孩子眨眨眼睛，送給她一個微笑。

「畫展時再見！」我向顧福生說。

「妳的書——」

「沒有寫什麼，還是不要看吧！」

「我送妳去喊車——」

「不用了，我想走一走——」

也是黃昏，我走在高樓大廈車水馬龍的街上，熱熱暖暖的風吹拂過我的舊長裙，我沒有喊車，慢慢的走了下去。

這是一九八一年九月三日[1]。

驚夢三十年。

那天，我坐在一個鐵灰桌子前看稿，四周全是人，電話不停的鬧，冷氣不夠讓人凍清醒，頭頂上是一盞盞日光燈，一切如夢。

電話響了，有人在接，聽見對方的名字，我將手伸過去，等著雙方講話告一段落時，便接過了話筒。

「是誰？」那邊問我。

今生沒有與他說過幾句話，自是不識我的聲音。

「小時候，你的家，就在我家的轉角，小學一年級的我，已經知道了你。」我說，那邊又要問，我仍霸住電話，慢慢的講下去：「有一回，你們的老家人，站在我們的竹籬笆外面，呆看著滿樹盛開的芙蓉花。後來，他隔著門，要求進來砍一些枝椏分去插枝，說是老太爺喜歡這些花。

1. 原書註：〈驀然回首〉也是白先勇的一篇文章，此次借用題目，只因心情如是，特此道謝！

「後來，兩家的芙蓉都再開謝了好多年，我們仍不說話。

「白先勇——」我大喊起他的名字。

這裏不是松江路，也不是當年我們生長的地方。在慘白的日光燈下，過去的洪荒，只不過化為一聲呼喚。

小時候，白家的孩子，是我悄悄注意的幾個鄰居，他們家人多，進進出出，熱鬧非凡。而我，只覺得，我們的距離長到一個小孩子孱弱的腳步，走不到那扇門口。

十年過去了，我們慢慢的長大。當時建國北路，沒有拓寬，長春路的漫漫荒草，對一個自閉的少年而言，已是天涯海角，再遠便不能了。

就是那個年紀，我念到了〈玉卿嫂〉。

黃昏，是我今生裏最愛的時刻，飯後的夏日，便只是在家的附近散步，那兒往往不見人跡，這使我的心，比較安然。

那時候，在這片衰草斜陽的寂靜裏，總有另一個人，偶爾從遠遠的地方悠然的晃過來——那必是白先勇。又寫了〈謫仙記〉的他。

我怕他，怕一個自小便眼熟的人。看到這人迎面來了，一轉身，跑幾步，便藏進了大水泥筒裏去。不然，根本是拔腳便逃，繞了一個大圈子，跑回家去。

散步的人，不只是白先勇，也有我最愛的二堂哥懋良，他學的是作曲，也常在那片荒草地上閒閒的走。堂哥和我，是誰也不約誰的，偶爾遇見了，就笑笑。

過不久，恩師顧福生將我的文章轉到白先勇那兒去，平平淡淡的交給了他，說是：「有一個怪怪的學生，在跟我學畫，你看看她的文字。」這經過，是上星期白先勇才對我說的。

我的文章，上了《現代文學》。

對別人，這是一件小事，對當年的我，卻無意間種下了一生執著寫作的那顆種子。

刊了文章，並沒有去認白先勇，那時候，比鄰卻天涯，我不敢自動找他說話，告訴他，寫那篇〈惑〉的人，就是黃昏裏的我。

恩師離開台灣的時候，我去送，因為情怯，去時顧福生老師已經走了，留下的白先勇，終於面對面的打了一個招呼。正是最艱難的那一剎，他來了。

再來就是跳舞了，《現代文學》的那批作家們說要開舞會，又加了一群畫家們。白先勇特別跑到我們家來叫我參加。又因心裏實在是太怕了，鼓足勇氣進去的時候，已近曲終人散，不知有誰在嚷：「跳舞不好玩，我們來打橋牌！」

我默立在一角，心裏很慌張，不知所措。

那群好朋友們便圍起來各成幾組去分牌，叫的全是英文，也聽不懂。過了一會兒，我便回家去了。

那一別，各自天涯，沒有再見面。這一別，也是二十年了。

跟白先勇講完電話的第二天，終於又碰到了。要再看到他，使我心裏慌張，恨不能從此不要見面，只在書本上彼此知道就好。一個這麼內向的人，別人總當我是說說而已。

跳舞那次，白先勇回憶起來，說我穿的是一件秋香綠的衣裙，緞子的腰帶上，居然還別了一大朵絨做的蘭花。

他穿的是什麼，他沒有說。

那件衣服的顏色，正是一枚青澀的果子。而當年的白先勇，在我記憶中，卻是那麼的鮮明。那時候的我，愛的是《紅樓夢》裏的黛玉，而今的我，愛看的卻是現實、明亮、潑辣，一個真真實實現世裏的王熙鳳。

我也跟著白先勇的文章長大，愛他文字中每一個、每一種夢境下活生生的人物，愛那一場一場繁華落盡之後的曲終人散，更迷惑他文字裏那份超越了一般時空的極致的豔美。

這半生，承恩的人很多，顧福生是一個轉捩點，改變了我的少年時代。白先勇，又無意間拉了我很重要的一把。直到現在，對每一位受恩的人，都記在心中，默默祝福。

又得走了，走的時候，台北的劇場，正在熱鬧「遊園」，而下面兩個字，請先勇留給我，海的那邊空了一年多的房子，開鎖進去的一剎那，是逃不掉的「驚夢」。

三十年前與白先勇結緣，三十年後的今天，多少滄海桑田都成了過去，回想起來，怎麼就只那一樹盛開的芙蓉花，明亮亮的開在一個七歲小孩子的眼前。

得獎的心情。

其實那天出門並不是要去看電影，那只是附帶要做的事，拿它出來向父母交代的。在我們的家教裏，做孩子的去哪兒可以不必向大人申請，可是走的時候必要報備將做的事、去的地方、和誰同去、大約幾點回家等等……

那幾年父親身體不好，下班也提早了，接近黃昏的時候他總是在家。當我說要去西門町的時候父親問明是一個人去，就說他可以陪我同去。

我們雖是父女，當時的關係卻一直帶著三分生澀，平日話也不多，一同出門更使我不自在。那一年我十九歲，父親不過四十七歲。

要去的西門町除了電影之外，還有畫廊。那天存心去「海天畫廊」的，預備看了畫才去看一場電影。

畫廊正在展出一批參選後被選中的畫。我悄悄去參加，被選上了，就想去看一看。

那時候，已經參加過十數次聯展，兩次台灣省美術展，全是用國畫的作品去被審的。西畫這是第一次入選，沒有告訴家裏人。

因為父親要陪了去西門町，我沒法子，只好帶他先去畫廊。「海天畫廊」好似設立在當年萬國戲院對面的一幢大樓裏。

展出的畫很多，油畫部分我入選了兩張。進門口處簽名的地方立著金、銀、銅牌獎座，這才知道是給獎的。

父親簽了名，很快速的去會場繞了一圈，走到半圈時，看見一張油畫下面貼著我的名字，非常訝異的向我走回來，說：「妹妹（音：美ㄇㄟˋ），妳居然有一張畫掛著嘛！」我有些不好意思，抿嘴一笑，也不說什麼。

等我們走到另一張油畫面前時，眼看與我名字並排的是條紅帶子，上面標著「銅牌獎」。我羞得差一點沒轉身就逃。在父親面前得了獎真是喜也不敢喜出來——父親跟我之間隔著那麼深的一段幽谷，多年來我們不交往的。

我低著頭也不笑，平日父親是個不開朗而內心情感豐富的人。這一回他忍不住那份欣喜，左看右看不夠，居然跑到簽名的地方去問小姐，說他可以不可以買下那張銅牌獎的油畫。人家告訴他這是不賣的，他又問什麼時候可以領獎，有什麼頒獎典禮嗎？櫃檯上說不知道。

總而言之父親站在我得獎的那張畫前很久很久，小心翼翼的問著：「瓶子怎麼變長了？爹爹看不懂，妳來解釋好嗎？」我哪能開口，只恨不得快快離開會場。父親那種喜形於色的樣子，引得會場其他觀畫的人都快知道得獎的是我，這真是令人難堪極了。

離開時，父親又去問櫃檯小姐，問什麼時候可以拿那個銅牌獎座，人家很淡漠的回說畫展結束可以來拿。

走在街上父親嘆了口氣，說可惜今天沒有法子就拿獎牌，又說：「也好！等頒獎那天爹爹來替妳拍照。」

走過公用電話亭父親站住腳步，我聽見他在電話裏告訴媽媽，說妹妹不但入選西畫，還得了一個獎。又說不回去吃晚飯，要妹妹自己選一家餐館點菜，然後去看一場「克里奧波卻拉」——埃及豔后的電影才回去。

那是今生第一次跟父親單獨外出。過去多年來，因為我沒有上正式學校，父母親想起我的前程，總有如一塊巨石壓在心口，加上我自己的心理不平衡，在家根本不說話，啞巴似的悶著。這幾年來我知道父母為我不知悄悄落了多少眼淚。而我自己，不是打弟弟就是丟東西，因獸似的一個。

過馬路時父親拉住我的手，就像小時候他帶我去看牙醫生時一樣。那種溫暖使我不慣，微微垂著頭眼淚只差沒滴下來——許多年來父親不曾這樣對待過我。

進飯館時好不容易甩掉了父親的手，肅然坐在他對面。聽見父親在問：「妳不是最愛雞濃粟米湯嗎？再叫炒蝦仁好不好？」我點點頭，算是回答。

還是沒有話的，在父親面前。平日在家母親做橋樑已經不夠成功，而今母親不在，十九年來單獨對著父親——一個那麼像我的人。實在難捱極了。

「妳知道嗎？爹爹一生的理想並不是做律師，爹爹一生想做的是運動家或者藝術家。當年祖父將爹爹小學一年級就送去住校，跟著一群英國老師，一直到念大學都是孤單單的。有什麼理想也不敢稟告家裏大人，大人說念法律，就去念了……」父親一面給我佈菜一面將一碗湯放在我面前。

「現在你們這一代不同了，你們有什麼想望都可以向爹爹姆媽講清楚……知道了？」我看著黃黃的湯一直點頭。

「就爹爹的看法，妳將來最好走上美術這條路，妳的天分努力都還夠，就是沒有下決心，如果妳肯下決心，能夠一輩子做個畫家，做父母的心裏不知有多欣慰……」我沒法答話，也不敢喝湯，因為父親沒有動筷子。

「音樂也是好的，最近練到哪裏？」他又問。聲音如此的慈愛，弄得我很緊張，一直想嘔吐。

「蕭邦——夜曲。」我小聲的講。

「書不要念太多，再看下去眼睛要壞了。一技之長很重要，專心去弄一件事情會更有進步的。再說妳運動不夠，網球為什麼又不去打了？」

那一頓飯父親如此慈祥的對待我，才知道這長長七年的休學令父親擔了什麼樣的心事，而一個小小的獎牌又帶給了他何等的希望——只要我好，做什麼事情父親都同意的。

那回得獎之後，父親將畫展的一張單子細心別起來，在我的名字上打了鉤，用紅筆註明「銅牌獎」，然後將這張紙很仔細的收入一個資料袋中去。父親收集孩子們一切資料，包括大弟幼稚園開始做的美勞手工。

畫展結束的第二天我去搬畫回家，很羞澀的請問那個主持人，「銅牌獎」可不可以帶回去。她，一位有些漫不經心的婦人，用手在一個紙盆裏掏來掏去，順手撈出那個銅牌——「哪！拿去囉！」她說。我向她點點頭，說了感謝，她也無心再理我，低頭不知去核對什麼單子去了。

獎回家了，父親將它擦了又擦，擺在鋼琴上。有客人來他就會去說明二女兒的成就。

那次得獎過後，我請求進入當年的「文化學院」做一個選讀生。一樣繳費註冊，同樣考試拿成績單，唯一不同的是沒有學籍。

去學校見師長的那一天，父母都陪伴我去，我心裏暗自祈望父親不要帶了那個銅牌上陽山，他沒有。

在學校的會客室裏，我打開了幾張並不師承什麼人的國畫，幾張油畫和兩篇發表的文章，算做成績去交代。教務主任和另外幾位老師一看就說：「那當然進美術系了，不然國文系。」

我抬起頭來，看見父親、母親哀哀看著我的眼睛，那種苦苦哀求的神色使我幾乎要哭出來。

他們要我做畫家他們要我做畫家他們要我做畫家……

填單子時那三個空格巨大的撲在眼前——美術系美術系美術系美術系……美術系有巨大莫名的獸等著吞嚼我。那是父母的期望；要我做畫家。父母的眼睛，是一匹巨獸，壓在我的背上，天天苦盼孩子學個一技之長。

我拿出鋼筆來，在眾人伏視下，端端正正的填進了——哲學系。

也不懂為什麼，下山時父親擦著汗，說：「哲學很玄呀！妹妹妳念得來嗎？念出來了又做什麼呢？」說時他脫掉眼鏡將手帕去擦鼻梁和眼睛，一面又說：「好了！好了！妹妹終於上大學了。這個天，真熱——」

補考定終生。

說起來，我這一生沒有大志氣，也從不明白自己的性向到底應該放在什麼事情上。只記得念小學時，作文永遠被貼上壁報，「省際演講比賽」的講稿也是自己動筆，不須老師費心。就算沒有作文課的時候，也會寫些編出來的長篇故事請同學們觀賞。

我在小學時代就製作了「手抄本」小說，在同學間廣為流傳。內容大半著重於「苦兒流浪」這個主題。不然就是《少年偵探陳天禾》一集二集三集。

作文這件事情，一直到初一、初二都是滿篇紅彩——整篇文章被老師用紅圈圈一路伴陪到底，尚加「優極」評語。

我沒有什麼特別的感覺。

等到我初二下學期開始不再上學校之後，作文當然就停了。我也不特別懷念這門功課。

好不容易進了大學，雖然名義上是個沒有教育部學籍的哲學系一年級選讀生，校內考試卻是一樣要參加的。

當時對於哲學，興趣很濃，手邊放著康得[2]的《純理性批判》為主書，其他尚有一百本以

2. 編註：即「康德」。

上形形色色哲學副書，都在生吞活剝。那並不是一年級教材內的東西，是自己找來的忙碌。對於國文也就給暫時擱下了。

記得我的國文老師還沒來上課時，就有同學告訴我，來者是個很嚴格的好老師，綽號比本名還要響亮，叫做「西部」。又說，如果當面稱呼老師「西部」，他可是要不高興的，人家是極有學識的老師，在他面前最好不要笑。

我自然不敢笑。當我看見那高個子國文老師——頭戴巴拿馬草帽、眼罩深黑色墨鏡、口咬林語堂大師同類煙斗、足踏空花編織白色皮鞋、身穿透明朱黃香港衫、腰繫鬆軟煙灰青的寬褲，這進得門來，噯——的一聲長氣一嘆，我都沒有笑。

雖然第一堂課上得不落實——《易經》，那可不是老師的錯，是我本身的觀察吸取了全部的心思——把這位老師給看癡了過去。覺得，他就是漫畫或李費蒙小說中的「情報販子」加「國特」的寫實角色。

這種裝扮的人，照我的猜測，必然有著那麼一份真性情，也必然在思想上不流俗套、行為上勇敢果毅、生活上有所無奈——聽那聲進門來就哀嘆的長氣。

總而言之，我非常樂意的接受了這位在當時，並不很被人「自然視之」的國文老師。

老師滿腹經綸，用來教授大一的學生，實在大材小用，我們當時並不知曉國學浩如煙海，那份癡迷都偏心的交給了西洋哲學和莊子。

春花秋月等閒過，在我的回憶中，當時沒有在看國文課本。一次都沒有，包括上課時。

好，期末考來了，老師們也不怎麼逼人，我卻一頭把自己栽進「理則學」——邏輯課本中去——那門知識非常好玩。

國文老師說，只考我們四題。我忘了這種國學考試非同小可，再說，每題各佔二十五分，說不定那三題都能答得出來，這不就得了嗎？

我的國文老師在數學上還是有些不明白，考過之後，我的分數居然是——五十八分。那時候，我已經跟老師很熟了。

看見自己面臨補考，我坐公車跑到老師住在台北市的小房子裏去了。在那堆滿了書籍的斗室裏，我盯住老師，喊一聲：「老師不會考算術。不然五十分、不然七十五分，這五十八分怎麼加減出來的？」

老師看見我的突然衝進門，好似滿懷喜悅和驚訝，立即說：「走，老師帶妳去吃晚飯，辣的吃不吃？」

我點點頭，不等老師伸手，趕快把他的草帽給遞了上去。

等老師跟我坐定在一家小飯館裏，開始喝酒吃花生米時，老師照例未開口先長嘆一口氣，才說：「妳國文不行。」我問：「到底答對了幾題呢？說呀！」老師說：「《易經》答得好，非常好。我問妳，孔子哪年修的《春秋》妳怎麼不曉得？」

我說：「這你去問孔子呀！我哪裏曉得。」

老師說：「書本上有嘛，同學都背下來了，只有妳——」

我這時才知自己只靠一題《易經》得了全卷一半分數。我在老師的酒杯伸筷子，沾了一點點米酒放入口中，說：「老師吔，孔子當年有過這麼一句話，他說——以後的人記得我的，可不靠《春秋》這部書哦。」老師笑說：「妳又曉得了。」我說：「古文裏怎麼講我背不起來了，意思是這樣的。有沒有？」老師再笑，說道：「有的。」我一拍手，叫說：「可見孔子本人也不介意——老師何必在意呢？」

老師說：「妳補考。」我說：「可以呀！不過方式由我來決定，肯定跟國文沾得上一點點邊的。一點點。」老師笑著夾了一筷子菜給我，說：「小孩家，沒規矩。」

他等於同意了。

分別時，我去追公共汽車，一面跑一面叫喊：「老師，五天後，三篇作文請你看。」在路燈下還是戴著帽子的老師，很慈愛的對我揮手。那時候的他，看上去還真像個「西部」，老師很高。

過了五天，我又衝到老師家中去，老師一個人在書桌上喝酒，零亂的小房間裏找不到另外一把椅子，我推推老師的被褥，自己並不敢就坐下去。那天老師神情好似在發怒，不大理睬人。我放下了一疊「手抄本」，向他笑一笑。

「放著。」老師說。

「你還是吃點飯吧。」我輕輕說。

老師倒也不固執，站起來做勢要出門，我趕緊又把那頂帽子從衣帽架上取下來雙手遞了上去。老師說：「走，跟老師去吃飯。」我不敢出聲，快步跟了出去。

又開學了，我只擔心國文分數遲遲不下來，卻因那年寒假短，不敢再去闖師門，苦等國文課快快來，好知道成績。因我不是正式生，成績單教務處不管的。

當那頂永不消失的草帽又出現在教室門口時，我盯住老師，滿眼都是問號。老師把那公事包一放，開始點煙斗，點火的時候，眼睛如同牛鈴一般瞪了我一眼。

「來。」他向我招手。眾目睽睽之下，我向老師走去。我站得筆直。立正，雙手垂下。

「孩子，妳寫的內容都是真的嗎？」他問。我說：「一篇論說，沒有真假可言。一篇抒情，也沒有真假——」老師打斷我的話，說：「是那篇一萬多字的敘述，可是真實的？」

我一愣，低下了頭，聲音很細：「是真事情，家事而已。」老師這回清了一下嗓子，很認真的、接近一種嚴格的聲調對我說：「好孩子，有血有肉有文章，老師不會看錯人的。」

我一時反應不激烈，老師反倒沉不住氣似的，把煙斗拔開，說：「老師多年不流淚，兵荒馬亂也不流淚，看了妳文章，哭——」

這時我突然講了老師一句：「你神經哦——」

老師聽了不生氣，說：「不神經，妳——妳給我記住，妳這支筆從此不要給我放下。記牢了？」我拚命點頭。

「幾分？」我問。

「九十九分如何？」他慢慢的說，臉上笑容從心底散出來，帶著一絲頑童的純潔。

我聽到這個分數，啪的打了老師一下肩膀，人已然衝向空空曠曠，長滿蘆花的後山荒野，我向天空大喊：「西部萬歲——西部萬歲——西部萬歲——噢——」

一年半之後，我已經發表了七篇文章。

十二年後的台北，如果有人曾經看見那個筆名裏暗藏著易卦的人，在路上、餐廳裏，牽著一位頭戴巴拿馬草帽的老人，兩人走在一起，輕聲細語的說著話、比著手勢。當會在看了這篇文章之後，猛然想起——對了，那就是三毛和她的老師。

老師姓何，名宗周。甘肅省人。在台孑然一身。逝於數年前，當我在國外居留時。年月日不詳。

如果有什麼人，知道老師而今埋骨何方，請千萬通知我。好讓我——好讓我——好讓我——去——看——看——他。

我的三位老師。

提筆要寫這三位繪畫老師時，有關他們當年的「第一記憶」一種接一種跳了出來。

恩師顧福生那麼鮮明的一件正紅V領毛線衣，就在台北市泰安街那條巷子的陰天黃昏裏明亮亮的成為一種寂寂永恆。

韓湘寧老師——一個不用長圍巾的小王子。夏日炎熱的烈陽下，雪白的一身打扮，怎麼也不能再將他潑上任何顏色。

彭萬墀老師是一座厚厚實實的塑像，左手垂著，右手五指張開，平擺在胸前，不說話也不動。那一個冬天，看來看去，穿著的老是一件質地粗糙，暗藍色圓口大毛衣。

如果記憶不騙人——記憶並不騙人，那直覺而來的三種代表老師們的顏色，該當是濾掉一切雜質之後的一種清晰。

當年，我是一個摸索不著人生邊界的少年。那一年，千難萬難克服了自卑，踏入了顧福生老師私下授課的畫室。這些回憶和心態，在以前發表的文字中已經寫過了，不敢再重複。

初見顧福生，是陰天，以後凡是跟他有關聯的日子，不是陰就是微雨，再不然，一片白雪茫茫。

許多年過去了，半生流逝之後，才敢講出；初見恩師的第一次，那份「驚心」，是手裏提著的一大堆東西都會嘩啦啦掉下地的「動魄」。如果，如果人生有什麼叫做一見鍾情，那一霎間，的確經歷過。

那時的我不能開口，因為沒有內涵。老師也不大說話，要說的已經說給了滿牆支離破碎的人體。他當時的畫，許多被分解，被切開的身體和四肢，有些，貼上了紗布，有些並不去包紮。只有一幅，那麼完整不被分割的人體，蜷伏在地上，好像睡去，好像安然，題名交給了生活之外的國度，叫做「月夢」。

看見老師的時候，總是感覺一片薄薄的刀片，緩慢的在割著我，精準又尖銳的痛，叫也不想叫的一刀一刀被割進皮膚。

看不見老師的時候——老師常常叫我自己畫，他去另一個房間。我獨自對著那些被支解的人體可以什麼都不畫，一直發呆到黃昏下課。

那一年的成績——我的，是一幅削瘦到分不出是男是女的灰白色人體背影，沒有穿衣服，一塊貼上去的繃帶拉散著落在腳下。背景暗藍，水漬一般往下流。

老師看了一會兒畫，突然問我那年幾歲，我說十六，他沒有講什麼，說可以再畫，就離開了畫室。

明知這幅畫根本沒有自己，是照抄老師的，而老師寬厚，不說什麼。我在畫的右下角，慢慢的給自己簽上了一個今生自取的名字——Echo。一個回聲。希臘神話中，戀著水仙花又不能告訴他的那個山澤女神的名字。

也是同一年，我的第一篇文章被印成鉛字，發表在《現代文學》上。是老師交給白先勇的。很重要的一年以後，老師走了。去了法國。當時，我偷偷寫了好幾張紙那麼厚的信想交給他，終是交不出去而被撕掉。裏面寫什麼，至今都還記得。幼稚，可是感人。

顧福生老師到底教給了我什麼，以前講過了，可是講也講不出來，只知道今生如果沒有他，今日不會如此壯壯烈烈的活著。而他，明明是一個寂淡又極精緻的畫家，留在我心中的顏色竟然是一片正紅。

紅的寂寞，在於唯有在雪地或陰暗的背景裏，才能顯出那股鮮血的顏色。

前幾年在顧福生老師離台二十年之後回國開畫展的那一陣，又見到了他。最後要離台的一天，我穿上一件平日絕對不上身，在巴黎買下的白絲衣裳，梳上了頭髮，端端正正的坐在他的對面，一同喝了一次晚茶。恭恭敬敬的坐在恩師對面，連椅背都沒感到可以去靠一靠。桌子邊，要送給他的，是一口袋的書——我交的成績。

那是今生最後一次見他了——我猜。分別時，向他微笑著，日本女子似的微微彎下身，輕輕的講了一聲：「老師，你是我的恩人。」說時，台北的華麗之夜簌簌的落下小雨來。

家中存了老師三張畫。一張童趣十足的拼圖，一男一女拉著手，背後一條彩虹上又飛著一個好似長了翅膀的小女孩，左邊一幢兩層樓的房子有門有窗不夠——還有閣樓天窗。整個背景用上黑底印小花的布，邊上紅圈圈，綠圈圈……明快又純潔。這張畫並沒有展出過，反面用鉛筆寫著英文字：「我的家是你的家」。

另一張水彩，一對老夫婦沒有臉孔，兩人中間一條紅絲結將他們束在一起，背後右角一個圓，裏面有人掛在十字架上。

還有一張是版畫，色調暗，兩個天使護住一雙地上的人影，很厚實的安然。

台北的家，就永遠掛這三張。老師變了，學生也變了。

去年夏天，坐在舊金山碼頭邊跟海鷗分食一小杯螃蟹碎肉，想到恩師就住在同一個城市裏，心裏安靜又快樂。

並沒有想再去看望他。今生，有那三幅畫，已經很富足而幸福了。並不只有這些，其中一張畫的框子，還是老師親手為我給裝的。

每看《小王子》這本書，總使我想到湘寧老師。

是顧福生老師將我介紹去韓老師畫室的。那時候別人都叫他「韓閉，韓壁」，很親切的。我不敢問一問，那個ㄅㄧˋ到底是哪一個字？也從來不敢如此稱呼他，即使在背後。

湘寧老師總穿光明的白襯衫，畫裏最感動我的一張，在當年，是壯美——一匹白馬，背景用色淡褐夾橄欖綠。大號的。

湘寧老師本身活潑又明朗，那種純淨的個性裏面有著反應極快的敏捷。本身也是個俊美的青年，對人對物充滿著探討的活力。上課也是不兇的，跟顧福生老師的那麼安靜又十分不相同，他是嘻嘻哈哈愛講話的。是獨子，看得出韓媽媽疼他疼得緊。

湘寧老師的教授法很動態的。他帶了我們學生一起去看別人的畫展，叫我們出去寫生，看舞台劇或電影。他跟學生打成一片，有時玩心比誰都重。

在韓老師那兒，我又回到畫石膏像。素描根底無論如何也打不好。以前顧福生老師看我那麼畫不像東西，就沒有逼我再跟石膏像去對抗，他老說我感覺好，技術不行。當然，我的素描實在是奇差無比，每一次都將韓老師氣得很灰心。

有一次老師出外去辦事，回到畫室發覺我的那幅素描又是一塌糊塗，他什麼也不講，拿起石膏像來就往地上摔，那一霎間我嚇了一跳，趕快蹲下去撿碎片，姿勢就像在下跪。其實，就算摔了石膏像，我也仍然不怕——假兇的。

跟石膏像糾纏了好一陣，雙方都認為時間已到，應該認清現實——不可造就的學生不必再花氣力。

畫方面不可造就，欣賞方面老師自然而然的帶著。好像學畫的後來，都聽老師的吩咐，東奔西跑，不是聽演講就是看畫展，也介紹了他的好朋友詩人方莘的作品給我看。

我的生活因此開闊了很多很多。

這位親愛的老師在分別了也是許多年後，在一個場合意外的見了面，他一見到我，居然大叫：「喂——喂——妳知不知道，我要做爸爸啦？」那時，我心裏偷偷的一笑，久別的小王子仍是那麼明淨又快樂。小王子的公主王子一定會很活潑。

韓老師的畫風也一再的在改變，很紐約味的。我很喜歡前幾年他用細點點出來的紐約街景或停車場那一種風格。

上個月，在一本雜誌上再度看見老師新畫的報導，很急迫的看他走在什麼路上。他又變了。聽說湘寧老師而今已是兩個孩子的父親，跟他美麗的妻子住在城外湖邊的一幢房子裏，這是聽朋友們說的。我想，小王子總有自己的星球，他偶爾也去別的星球東張西望，充滿著好奇和問題。而本質上韓老師是一個純淨又明朗的人。少見的聰明和才華。

想起他的本人，無論如何跟他目前筆下那些扭曲的人臉連結不上關係。湘寧老師本人是一件白色的衣裳，總也在反映著星星的光芒。

回想起來我的繪畫生涯實在是幸福的，顧福生老師第一個進入生命，他的閃光——深刻、尖銳、痛楚的直刺我心。這份刺痛在當年是一種呼應，激起了生命裏最處理不來的迷茫。老師並沒有給我答案，反而給了一大堆問題，這堆問題非常有用，如同一團迷霧，必須在裏面摸索才能找到什麼。

韓湘寧老師把人向外引，推動著我去接觸一個廣泛的藝術層面，也帶給了人活潑又生動的日子。他明朗又偶爾情緒化的反應，使直覺得活著是那麼的快樂又單純。拿天氣來說，是一種微風五月的早晨，透著明快的涼意。湘寧老師對我的影響很深。他使我看見快樂，使我將心中的歡樂能夠因此傳染給其他的人。

很感激韓老師將我轉去了彭萬墀的畫室。我十九歲了。

萬墀老師最感人的在於他本身那種厚厚重重的樣子。他不是一幅畫，是一座塑像。

第一次上課，三個學生對著老師，他把自己一擺，就是這篇文章第一段的那個姿勢，一動不動的做起學生的模特兒來。我畫油畫，將他重重的樣子畫出來，那張厚、重、沉、凝的臉，不會交代，只好用調色刀一刷，成了沒有五官的。

畫靜物，放著的是罐頭、榔頭這種重重的鐵器。偶爾給瓶子，都是上釉不多的粗陶。許多考驗；老師把手掌平平張開，正對著我們學生，正對著眼睛，看見的就是五個指端，而他要求就畫這個。

彭老師不說話時一句不說，石頭一樣。有時畫了一個段落，他覺得要講課，就用講的，對著三個學生，他一樣認認真真好似在發表一場演說。講的內容——舊俄文學的光輝和華格納的音樂都形容不出於萬一。因為他是他。

給人的感覺那麼刻苦、簡樸、誠懇又穩重，扎扎實實一個人。這三位老師當年都是二十三四歲左右，卻已經各自散發出那麼明顯的風格來。

跟著彭老師是我就事論事的一場學習，很認真的一個畫室。不敢在裏面發呆做夢、不敢嘻笑、不吃東西、不講閒話，那把調色刀一塊一塊上色，很少用筆上油彩，總是用刀；是當時自己喜歡表達的一種技術。畫了很多靜物。

也被帶去看畫展，不但看，老師在一旁輕輕分析。被帶著聽音樂，他大半放交響曲，被帶著看書——這，前兩位老師也是一樣盡心。彭老師給的書，就如那些粗瓶子和鐵榔頭，乍一看也許沉重，看慣了也就承擔下來。感覺到分量的那麼重要。

他自己在當年就是一個苦行僧。我們學生在他門下看上去粗茶淡飯，可是素食得那麼安穩。有時，我覺得聽他講話，簡直像在吃泥巴，越吃越泥重，那份消化自然有待時日，那份肯吃下去，是吐不出來的生活之底。

彭老師其實很會講話，或說我很會聽話。他可以成為一個大教育家，把內心不穩重的孩子腳底灌下鉛，使我們步步踏實。這不只是他會教，是因為放在眼前的老師，就是一個如此的人。

我的色彩變了，不用明色，成了鉛一樣的東西。十九歲的年紀談不上自我，因為不是天才。而我的三個老師，他們是。

很感人的是，彭老師對學生有著一股不屬於他年紀的父愛，他對我們的盡心盡意，開始以為只對學生，後來發覺他對朋友也是相同。一種輻射性的能，厚厚的慈光，宗教般的照射著我們。

那時候，老師愛著他系上的同學，他叫她——「小段」的那位梳辮子的姑娘。他說日後必定娶她，終生不移。而今小段和老師加兩個孩子，是一個親密的家庭。老師說的理想，包括感情上的，都一一在日後的歲月中實現出來。說到做到。

許多年後，萬墀老師住在法國，我住西班牙，兩國相鄰，又都是長住著，可是完全沒有聯繫。只到四年或更久以前，通了一封信，老師寄來他孩子的一張彩色隨手畫——兩支青椒和一條紅蘿蔔。那份畫中的靜，使人訝異於畫者的年紀那麼稚小。只看那一筆畫，就使人聯想到那個父親。

上個月，母親看報紙後告訴我，彭萬墀老師回來了，只逗留短短的幾天。我心裏很渴望見到他，可是不敢佔用他寶貴的時間。還是賴瓊琦老師，在台北工專教授色彩學的朋友，代我連絡上了彭老師。這才曉得，我的好朋友是老師同班同學，難怪。

那個見面的下午，是老師在黃金分割般的時間夾縫裏分給我的。

見面看見老師仍然那麼健康又好看，我大喊一句法文：「你好嗎？」也不管老師怎麼想，撲上去就給他一個那麼快樂的擁抱。二十二年沒見面，那份百感交集的心情真是說也說不出來。

彭老師進門就急著找他的老朋友顧福生的畫來看，我又去翻雜誌，趕快把韓老師的報導也拿出來。三位老師和一個我——有血有肉活得踏踏實實的學生，就在那一瞬間再度重聚在一起。

老師不老，學生已生華髮。想到我的一張油畫，在當年一個大家可以自由參加被審的畫展裏得過一次「銅牌獎」，那唯一的油畫獎，是在彭老師門下就教時得來的。我的今生，第一次文章發表，來自老師，第一次看見一匹白馬，來自老師，第一次拿獎，又在於老師。

說很忙很忙，坐一下就走。當彭老師在分別半生以後又坐在我對面的時候，他開始誠誠懇懇的對我講話，起初十分鐘只知道專心，後來請他停一秒鐘，我奔去書房，拿起紙筆抄筆記。抄著抄著，老師的每一句話都好似一場一場人生的印證。我但願一直就這麼聆聽那智慧的聲音直到深夜，可是電話來了，有人找老師去大直——我猜，今生也是見不著他了。人生又有幾個二十二年呢？

寫著寫著，我又看見了三位老師的身影。顧福生老師站在舊金山深夜的迷霧裏靜悄悄的，我站在遠遠的街角，淚眼對著那一件永恆的紅毛衣，不敢上去叫他。韓湘寧老師站在遙遠的星球上，全家四個人手拉手向我微笑又點頭，孩子的笑聲如同鈴鐺一般灑下來。彭萬墀老師明明是音樂家華格納般的一個人，而我怎麼會看見一座如山的塑像，浸在貝多芬〈快樂頌〉[3]的大合唱裏？有光，有安靜的太陽溫暖慈愛的將一種能，湧湧不絕的灌輸到我的靈魂裏來。

寫到這兒，我要放下這支筆，撲到床上高高興興的去大哭一場。今天，能夠好好活下去，是藝術家給我的力量，他們是畫家，也都是教育家，在適當的時機，救了一個快要迷失到死亡裏去的人。

我的三位老師，在心裏，永遠是我一生的老師——雖然個人始終沒有畫出什麼好作品來。我只有將自己去當成一幅活動的畫，在自我的生命裏一次又一次彰顯出不同的顏色和精神。這一幅，我要儘可能去畫好，作為對三位老師交出的成績。

一生的師生之情，使我忘不了「天地君親師」裏那最後的「師承」之恩。如果就那麼忘記，那麼我一直想將自己當成一幅畫——而且開始很多年了，來創作的心意裏，就談不上真誠了。

3. 編註：即〈歡樂頌〉。

西風不識相。

我年幼的時候，以為這世界上只住著一種人，那就是我天天看見的家人、同學、老師和我上學路上看到的行人。

後來我長大了，念了地理書，才知道除了我看過的一種中國人之外，還有其他不同的人住在不同的地方。

我們稱自己叫黃帝的子孫，稱外國人以前都叫洋鬼子，現在叫國際友人。以前出國去如果不是去打仗，叫和番。現在出國去，無論去做什麼都叫鍍金或者留洋。

我們家裏見過洋鬼子的人，要先數祖父和外祖父這兩個好漢。他們不但去那群人裏住過好久，還跟那些人打了很多交道，做了幾筆生意，以後才都平安的回國來，生兒育女。

我的外祖父，直到現在還念念不忘他在英國時那個漂亮的女朋友。他八十多歲了，高興起來，還會吱吱的說著洋話，來嚇唬家裏的小朋友。

我長大以後，因為常常聽外祖父講話，所以也學了幾句洋鬼子說的話。學不對時，倒也沒發生什麼特別的現象；不巧學對了時，我的眼睛就會一閃一閃冒出鬼花，頭頂上轟一下爆出一道青光，可有鬼樣。

我因為自以為會說了幾句外國話，所以一心要離開溫暖的家，去看看外面那批黃毛碧眼青牙血嘴的鬼子們是怎麼個德行。

我吵著要出走，父母力勸無用，終日憂傷得很。

「妳是要鍍金？要留洋？還是老實說，要出去玩？」

我答：「要去遊學四海，半玩半讀，如何？」

父母聽我說出如此不負責任的話來，更是傷心，知道此兒一旦飛出國門，一定丟人現眼，教外國人笑話。

「這樣沒有用的草包，去了豈不是給人吃掉了。」他們整日就反反覆覆的在講這句話，機票錢總也不爽快的發下來。

外祖父看見我去意堅定，行李也打好了，就叫父母說：「你們也不要那麼擔心，她那種硬骨頭，誰也不會愛去啃她，放她去走一趟啦！」

總司令下了命令，我就被父母不情不願的放行了。

在悶熱的機場，父親母親抹著眼淚，拉住我一再的叮嚀：「從此是在外的人啦，不再是孩子囉！在外待人處世，要有中國人的教養，凡事忍讓，吃虧就是佔便宜。萬一跟人有了爭執，一定要這麼想——退一步，海闊天空。絕對不要跟人嘔氣，要有寬大的心胸……」

我靜靜的聽完了父母的吩咐，用力的點點頭，以示決心，然後我提起手提袋就邁步往飛機走去。

上了扶梯，這才想起來，父母的帳算得不對，吃虧怎麼會是佔便宜？退一步如果落下深淵，難道也得去海闊天空？

我急著往回跑，想去看台下問明白父母才好上路，不想後面閃出一個空中少爺，雙手捉住我往機艙裏拖，同時喊著：「天下哪有不散的筵席，快快上機去也，不可再回頭了。」

我掙扎的說：「不是不是，是弄明白一句話就走，放我下機啊！」

這人不由分說，將我牢牢綁在安全帶上。機門徐徐關上，飛機慢慢的滑過跑道。

我對著窗戶，向看台大叫：「爸爸，媽媽，再說得真切一點，才好出去做人啊！怎麼是好……」

飛機慢慢升空，父母的身影越來越小。我嘆一口氣，靠在椅子上，大勢已去，而道理未明，今後只有看自己的了。

我被父親的朋友接下飛機之後，就送入了一所在西班牙叫「書院」的女生宿舍。

這個書院向來沒有中國學生，所以我看她們是洋鬼子；她們看我，也是一種鬼子，群鬼對陣，倒也十分新鮮。

我分配到的房間是四個人一間的大臥室，我有生以來沒有跟這麼多人同住的經驗。

在家時，因為我是危險瘋狂的人物，所以父親總是將我放在傳染病隔離病房，免得帶壞了姐姐和弟弟們。

這一次，看見我的鋪位上還有人睡，實在不情願。但是我記著父母臨別的吩咐，又為著快快學會語文的緣故，就很高興的開始交朋友。第一次跟鬼子打交道，我顯得謙卑、有禮、溫和而甜蜜。

第一兩個月的家信，我細細的報告給父母聽異國的情形。

我寫著：「我慢慢的會說話了，也上學去了。這裏的洋鬼子都是和氣的，沒有住著厲鬼。我沒有忘記大人的吩咐，處處退讓，她們也沒有欺負我，我人胖了……」

起初的兩個月，整個宿舍的同學都對我好極了。她們又愛講話，下了課回來，總有人教我說話，上課去了，當然跟不上，也有男同學自動來借筆記給我抄。

這樣半年下來，我的原形沒有畢露，我的壞脾氣一次也沒有發過。我總不忘記，我是中國人，我要跟每一個人相處得好，才不辜負做黃帝子孫的美名啊！

四個人住的房間，每天清晨起床了就要馬上鋪好床，打開窗戶，掃地，換花瓶裏的水，擦桌子，整理亂丟著的衣服。等九點鐘院長上樓來看時，這個房間一定得明窗淨几才能通過檢查，這內務的整理，是四個人一起做的。

最初的一個月，我的同房們對我太好，除了鋪床之外，什麼都不許我做，我們總是搶著做事情。

三個月以後，不知什麼時候開始的，我開始不定期的鋪自己的床，又鋪別人的床，起初我默默的鋪兩個床，以後是三個，接著是四個。

最初同住時，大家搶著掃地，不許我動掃把。三個月以後，我靜靜的擦著桌子，掛著別人丟下來的衣服，洗髒了的地，清理隔日丟在地上的廢紙。而我的同房們，跑出跑進，丟給我燦爛的一笑，我在做什麼，她們再也看不到，也再也不知道鋪她們自己的床了。

我有一天在早飯桌上對這幾個同房說：「妳們自己的床我不再鋪了，打掃每人輪流一天。」

她們笑咪咪的滿口答應了。但是第二天，床是鋪了，內務仍然不弄。

我內心十分氣不過，但是看見一個房間那麼亂，我有空了總不聲不響的收拾了。我總不忘記父母叮嚀的話，凡事要忍讓。

半年下來，我已成為宿舍最受歡迎的人物。我以為自己正在大做國民外交，內心沾沾自喜，越發要自己人緣好，誰託的事也答應。

我有許多美麗的衣服，搬進宿舍時的確轟動過一大陣子，我的院長還特別分配了我一個大衣櫃掛衣服。

起初，我的衣服只有我一個人穿，我的鞋子也是自己踏在步子下面走。等到跟這三十六個女孩子混熟了以後，我的衣櫃就成了時裝店，每天有不同的女同學來借衣服，我沉著氣給她們亂挑，一句抗議的話也不說。

開始，這個時裝店是每日交易，有借有還，還算守規矩。漸漸的，她們看我這鬼子那麼好說話，就自己動手拿了。每天吃飯時，可以有五、六個女孩子同時穿著我的衣服談笑自若，大家都親愛的叫著我寶貝、太陽、美人……等等奇怪的稱呼。說起三毛來，總是讚不絕口，沒有一個人說我的壞話。但是我的心情，卻越來越沉落起來。

我因為當時沒有固定的男朋友，平日下課了總在宿舍裏念書，看上去不像其他女同學那麼的忙碌。

如果我在宿舍，找我的電話就會由不同的人打回來。

——三毛，天下雨了，快去收我的衣服。

——三毛，我在外面吃晚飯，妳醒著別睡，替我開門。

——三毛，我的寶貝，快下樓替我去燙一下那條紅褲子，我回來換了馬上又要出去，拜託妳！

——替我留份菜，美人，我馬上趕回來。

放下這種支使人的電話，洗頭的同學又在大叫——親愛的，快來替我捲頭髮，妳的指甲油隨手帶過來。

剛上樓，同住的寶貝又在埋怨——三毛，今天院長罵人了，妳怎麼沒掃地。

這樣的日子，我忍著過下來。每一個女同學，都當我是她最好的朋友。宿舍裏選學生代表，大家都選上我，所謂宿舍代表，就是事務股長，什麼雜事都是我做。

我一再的思想，為什麼我要凡事退讓？因為我們是中國人。為什麼我要助人？因為那是美德。為什麼我不抗議？因為我有修養。為什麼我偏偏要做那麼多事？因為我能幹。為什麼我不生氣？因為我不是在家裏。

我的父母用中國的禮教來教育我，我完全遵從了，實現了；而且他們說，吃虧就是佔便宜。如今我真是貨真價實成了一個便宜的人了。

對待一個完全不同於中國的社會，我父母所教導的那一套果然大得人心，的確是人人的寶貝，也是人人眼裏的傻瓜。

我，自認並沒有做錯什麼，可是我完全喪失了自信。一個完美的中國人，在一群欺善怕惡的洋鬼子裏，是行不太通的啊！我那時年紀小，不知如何改變，只一味的退讓著。

有那麼一個晚上，宿舍的女孩子偷了望彌撒的甜酒，統統擠到我的床上來橫七八豎的坐著、躺著、吊著，每個人傳著酒喝。這種違規的事情，做來自是有趣極了。開始鬧得還不大聲，後來借酒裝瘋，一個個都笑成了瘋子一般。我那夜在想，就算我是個真英雄林沖，也要被她們逼上梁山了。

我，雖然也喝了傳過來的酒，但我不喜歡這群人在我床上躺，我說了四次——好啦！走啦！不然去別人房裏鬧——但是沒有一個人理會我，我忍無可忍，站起來把窗子嘩的一下拉開來，而那時候她們正笑得天翻地覆，吵鬧的聲音在深夜裏好似雷鳴一樣。

「三毛，關窗，妳要凍死我們嗎？」不知哪一個又在大吼。

我正待發作，樓梯上一陣響聲，再一回頭，院長鐵青著臉站在門邊，她本來不是一個十分可親的婦人，這時候，中年的臉，冷得好似冰一樣。

「瘋了，妳們瘋了，說，是誰起的頭？」她大吼一聲，吵鬧的聲音一下子完全靜了下來，每一個女孩子都低下了頭。

我站著靠著窗，坦然的看著這場好戲，卻忘了這些人正在我的床上鬧。

「三毛，是妳。我早就想警告妳要安分，看在妳是外國學生的分上，從來不說妳，妳替我滾出去，我早聽說是妳在賣避孕藥——妳這個敗類！」

我聽見她居然針對著我破口大罵，驚氣得要昏了過去，我馬上叫起來：「我？是我？賣藥的是貝蒂，妳弄弄清楚！」

「妳還要賴，給我閉嘴！」院長又大吼起來。

我在這個宿舍裏，一向做著最合作的一份子，也是最受氣的一份子，今天被院長這麼一冤枉，多少委屈和憤怒一下子像火山似的爆發出來。我尖叫著沙啞的哭了出來，那時我沒有處世的經驗，完全不知如何下台。我衝出房間去，跑到走廊上看到掃把，拉住了掃把又衝回房間，對著那一群同學，舉起掃把來開始如雨點似的打下去。我又叫又打，拚了必死的決心在發洩我平日忍在心裏的怒火。

同學們沒料到我會突然打她們，嚇得也尖叫起來。我不停的亂打，背後給人抱住，我轉身給那個人一個大耳光，又用力踢一個向我正面衝過來女孩子的胸部。一時裏我們這間神哭鬼號，別間的女孩子們都跳起床來看，有人叫著——打電話喊警察，快，打電話——我的掃把給人硬搶下來了，我看見桌上的寬口大花瓶，我舉起它來，對著院長連花帶水潑過去，她沒料到我那麼敏捷，退都來不及退就給潑了一身。

我終於被一群人牢牢的捉住了，我開始吐捉我的人的口水，一面破口大罵——婊子！婊子！院長的臉氣得扭曲了，她鎮靜的大吼——統統回去睡覺，不許再打！三毛，妳明天當眾道歉，再去向神父懺悔——

「我？」我又尖叫起來，衝過人群，拿起架子上的厚書又要丟出去，院長上半身全是水和花瓣，她狠狠的盯了我一眼，走掉了。

女孩子們平日只知道我是小傻瓜，親愛的。那個晚上，她們每一個都窘氣嚇得不敢作聲，靜靜的溜掉了。

留下三個同房，收拾著戰場。我去浴室洗了洗臉，氣還是沒有發完，一個人在頂樓的小書房裏痛哭到天亮。

那次打架之後，我不肯道歉，也不肯懺悔，我不是天主教徒，更何況我無悔可懺。

宿舍的空氣僵了好久，大家客氣的禮待我，我冷冰冰的對待這群賤人。

借去的衣服，都還來了。

「三毛，還妳衣服，謝謝妳！」

「洗了再還，現在不收。」

每天早晨，我就是不鋪床，我把什麼髒東西都丟在地上，門一摔就去上課，回來我的床被鋪得四平八穩。

以前聽唱片，我總是順著別人的意思，從來不搶唱機。那次之後，我就故意去借了中國京戲唱片來，給它放得個鑼鼓喧天。

以前電話鈴響了，我總是放下書本跑去接，現在我就坐在電話旁邊，它響一千兩百下，我眉毛都不動一下。

這個宿舍，我盡的義務太多，現在豁出去，給它來個孫悟空大鬧天宮。大不了，我滾，也不是死罪。

奇怪的是，我沒有滾，我沒有道歉，我不理人，我任著性子做事，把父母那一套丟掉，這些鬼子倒反過來拍我馬屁了。

早飯我下樓晏了，會有女同學把先留好的那份端給我。

洗頭還沒擦乾，就會有人問：「我來替妳捲頭髮好不好？」

天下雨了，我衝出去淋雨，會有人叫：「三毛，親愛的，快到我傘下來，不要受涼了。」

我跟院長僵持了快一個月。有一天深夜，我還在圖書室看書，她悄悄的上來了，對我說：「三毛，等妳書看好了，可以來我房間裏一下嗎？」

我合起書下樓了。

院長的美麗小客廳，一向是禁地，但是那個晚上，她不但為我開放，桌上還放了點心和一瓶酒，兩個杯子。
我坐下來，她替我倒了酒。
「三毛，妳的行為，本來是應該開除的，但是我不想弄得那麼嚴重，今天跟妳細談，也是想就此和平了。」
「賣避孕藥的不是我。」
「打人的總是妳吧！」
「是妳先冤枉我的。」
「我知道冤枉了妳，妳可以解釋，犯不著那麼大發脾氣。」
我注視著她，拿起酒來喝了一口，不回答她。
「和平了？」
「和平了。」我點點頭。
她上來很和藹的親吻我的面頰，又塞給我很多塊糖，才叫我去睡。
這個世界上，有教養的人，在沒有相同教養的社會裏，反而得不著尊重。一個橫蠻的人，反而可以建立威信，這真是黑白顛倒的怪現象。
以後我在這個宿舍裏，度過了十分愉快的時光。
國民外交固然重要，但是在建交之前，絕不可國民跌交。那樣除了受人欺負之外，建立的邦交也是沒有尊嚴的。

這是「黃帝大戰蚩尤」第一回合，勝敗分明。

我初去德國的時候，聽說我申請的宿舍是男女混住的，一人一間，好似旅館一樣，我非常高興。這一來，沒有舍監，也沒有同房，精神上自由了很多，意識上也更覺得獨立，能對自己負全責，這是非常好的制度。

我分到的房間，恰好在長走廊的最後第二間。起初我搬進去住時，那最後一間是空的，沒幾日，隔壁搬來了一個金髮的冰島女子。

冰島來的人，果然是冰冷的，這個女人，進廚房來做飯時，她只對男同學講話，對我，從第一天就討厭了；把我上上下下的打量。那時候流行穿迷你裙，我深色絲襪上，就穿短短一條小裙子；我對她微笑，她瞪了我一眼就走出去了。看看我自己那副德行，我知道要建交又很困難了，我仍然春風滿面的煮我的白水蛋。

那時候，我在「歌德書院」啃德文，課業非常重，逼得我非用功不可。

起初我的緊鄰也還安分，總是不在家，夜間很晏才回來，她沒有妨礙我的夜讀。

過了兩三個月，她交了大批男朋友，這是很值得替她慶幸的事，可是我的日子也開始不得安寧了。

我這個冰山似的芳鄰，對男朋友們可是一見即化，她每隔三五天就抱了一大堆啤酒食物，在房間裏開狂歡會。

一個快樂的鄰居，應該可以感染我的情緒。她可以說經常的在房內喝酒，放著高聲的吵鬧嘶叫的音樂，再夾著男男女女興奮的尖叫，追逐，那高漲的節日氣氛的確是重重的感染了隔著一道薄薄牆壁的我，我被她煩得神經衰弱，念書一個字也念不進去。

我忍耐了她快兩三星期，本以為發高燒的人總也有退燒的一天。但是這個人的燒，不但不退，反而變本加厲，來往的男朋友也很雜，都不像是宿舍的男同學。

她要怎麼度過她的青春，原本跟我是毫無關係的，但是，我要如何度過我的考試，卻跟她有密切的關聯。

第四個星期，安靜了兩天的芳鄰，又熱鬧起來了。第一個步驟一定是震耳欲聾的音樂開始放起來，然後大聲談笑，然後男女在我們共通的陽台上裸奔追戲，然後尖叫丟空瓶子，拍掌跳舞……

我那夜正打開筆記，她一分不差的配合著她的節目，給我加起油來。

我看看錶，是夜間十點半，還不能抗議，靜坐著等脫衣舞上場。到了十二點半，我站起來去敲她的房門。

我用力敲了三下，她不開；我再敲再敲，她高興的在裏面叫：「是誰？進來。」

我開了門，看見這個小小的房間裏，居然擠了三男兩女，都是裸體的。我找出芳鄰來，對她說：「請妳小聲一點，已經十二點半了。」

她氣得衝了過來，把我用力向外一推，就把門砰一下關上，裏面咔噠上了鎖。

我不動聲色，也不去再打她的門。我很明白，對付這種傢伙，打架是沒有用的，因為她不是西班牙人，西班牙人心地到底老實忠厚。

她那天吵到天亮才放我闔了兩三小時的眼睛。

第二天早晨，我曠了兩堂課，去學生宿舍的管理處找學生顧問。他是一個中年的律師，只有早晨兩小時在辦公室受理學生的問題。

「妳說這個鄰居騷擾了妳，可是我們沒有接到其他人對她的抗議。」

「這很簡單，我們的房間在最後兩間，中間隔著六個浴室和廚房，再過去才是其他學生的房間，我們樓下是空著的大交誼室，她這樣吵，可能只會有我一個人真正聽得清楚。」

「她做的事都是不合規定的，但是我們不能因為妳一個人的抗議就請她搬走，並且我也不能輕信妳的話。」

「這就是你的答覆嗎？」我狠狠的盯著這個沒有正義感的人。

「到目前為止是如此！再見，日安！」

過了一個星期，我又去闖學生顧問的門。

「請你聽一捲錄音帶。」我坐下來就放錄音。

他聽了，馬上就叫秘書小姐進來，口授了一份文件。

「妳肯簽字嗎？」

我看了一下文件，有許多看不懂的字，又一個一個問明白，才簽下了我的名字。

「我們開會提出來討論，結果會公告。」

「您想，她會搬出去？」

「我想這個學生是要走路了。」他嘆了口氣說。

「貴國的學生，很少有像妳這樣的。他們一般都很溫和，總是成績好，安靜，小心翼翼。以前我們也有一次這樣的事情——兩個人共一個房間的宿舍，一個是台灣來的學生；他的同房，在同一個房間裏，帶了女朋友同居了三個月，他都不來抗議，我們知道了，叫他來問，他還笑著說，沒有關係，沒有關係。」

我聽了心都抽痛起來，恨那個不要臉的外國人，也恨自己太善良的同胞。

「我的事什麼時候可以解決？」

「很快的，我們開會，再請這位冰島小姐來談話，再將錄音帶存檔，就解決了。」

「好，謝謝您，不再煩您了，日安！」我重重的與他握了握手。

一個星期之後，這個芳鄰靜悄悄的搬走了，事情解決得意外的順利。

這事過了不久，我在宿舍附近的學生食堂排隊吃飯，站了一會，覺得聽見有人在說中文，我很自然的轉過身去，就看見兩個女同胞排在間隔著三五個人的隊裏。我對她們笑笑，算打招呼。

「哪裏來的？」一個馬上緊張的問。

「西班牙來的。」另外一個神秘兮兮的在回答。

「妳看她那條裙子，嘖，嘖……」

「人家可風頭健得很哪！來了沒幾天，話還不太會說，就跟隔房的同學去吵架。奇怪，也不想想自己是中國人——」

「妳怎麼知道她的事情？」

「學生會講的啊！大家商量了好久，是不是要勸勸她不要那麼沒有教養。我們中國人美好的傳統，給她去學生顧問那麼一告，真丟臉透了！妳想想，小事情，去告什麼勁嘛——她還跟德國同學出去，第一次就被人看見了……」

我聽見背後自己同胞對我的中傷，氣得把書都快扭爛了，但是我不回身去罵她們，我忍著胃痛搬了一盤菜，坐得老遠的一個人去吃。

我那時候才又明白了一個道理，對洋鬼子可以不忍，對自己同胞，可要百忍，吃下一百個忍字，不去回嘴。

我的同胞們所謂的沒有原則的跟人和平相處，在我看來，就是懦弱。不平等條約訂得不夠，現在還要繼續自我陶醉。

我到美國去的第一個住處，是託一個好朋友事先替我租下的房子，我只知道我是跟兩個美國大一的女生同分一幢木造的平房。

我到的第一天，已是深夜了，我的朋友和她的先生將我送到住處，交給我鑰匙就走了。

我用鑰匙開門，裏面是反鎖著的，進不去。

我用力打門，門開了，房內漆黑一片，只見一片鬼影幢幢，或坐或臥；開門的女孩全裸著，身體重要的部分塗著銀光粉，在黑暗中一閃一閃的，倒也好新鮮。

「嗨！」她叫了一聲。

「妳來了，歡迎，歡迎！」另外一個女孩子也說。

我穿過客廳裏躺著的人，小心的不踏到他們，就搬了箱子去自己房間裏。

這群男男女女，吸著大麻煙，點著印度的香，不時敲著一面小銅鑼，可是沉醉在那個氣氛裏，他們倒也不很鬧，就是每隔幾分鐘的鑼聲也不太煩人。

那天清晨我起來，開門望去，夜間的聚會完畢了，一大群如屍體似的裸身男女交抱著沉沉睡去，餘香還燃著一小段。煙霧裏，那個客廳像極了一個被丟棄了的戰場，慘不忍睹。

這些人是十分友愛和平的，他們的世界加入了我這個分租者，顯得格格不入。比較之下，我太實際，他們太空虛，這是我這方面的看法。

在他們那方面的看法，可能跟我剛剛完全相反。

雖然他們完全沒有侵犯我、妨礙我，但是我還是學了孟母，一個月滿就遷居了。

我自來有夜間閱讀的習慣，搬去了一個小型的學生宿舍之後，我遇到了很多用功的外國女孩子。

住在我對間的女孩，是一個正在念教育碩士的勤勞學生，她每天夜間跟我一樣，要做她的功課。我是靜的，她是動的，因為她打字。

她幾乎每夜打字要打到兩點，我覺得這人非常認真，是少見的女孩子，心裏很讚賞她，打字也是必須做的事情，我根本沒有放在心上。

這樣的生活，我總是等她夜間收班了，才能靜下來再看一會書，然後睡覺。

過了很久，我維持著這個夜程表，絕對沒有要去計較這個同學。

有一夜，她打完了字，我還在看書，我聽見她開門了，走過來敲我的門，我一開門，她就說：「妳不睡，我可要睡，妳門上面那塊毛玻璃透出來的光，教我整夜失眠；妳不知恥，是要人告訴妳才明白？嗯？」

我回頭看看那盞書桌上亮著的小檯燈，實在不可能強到妨礙別一間人的睡眠。我嘆了口氣，無言的看著她美而僵硬的臉，我經過幾年的離家生活，已經不會再氣了。

「妳不是也打字吵我？」

「可是，我現在打好了，妳的燈卻不熄掉。」

「那麼正好，我不熄燈，妳可以繼續打字。」

說完我把門輕輕在她面前合上，以後我們彼此就不再建交了。

絕交我不在乎，惡狗咬了我，我絕不會反咬狗，但是我可以用棍子打牠。

在我到圖書館去做事時，開始有男同學約我出去。

有一個法學院的學生，約我下班了去喝咖啡，吃「唐納子」甜餅，我們聊了一會兒，就出來了。

上了他的車，他沒有徵求我的同意，就把車一開開到校園美麗的湖邊去。

停了車，他放上音響，手很自然的往我圈上來。

我把車窗打開，再替他把音樂關上，很坦然的注視著他，對他開門見山的說：「對不起，我想你找錯人了。」

他非常下不了台，問我：「妳不來？」

「我不來。」我對他意味深長的笑笑。

「好吧！算我弄錯了，我送妳回去。」他聳聳肩，倒很乾脆。

到了宿舍門口，我下了車，他問我：「下次還出來嗎？」

我打量著他，這人實在不吸引我，所以我笑笑，搖搖頭。

「三毛，妳介不介意剛剛喝咖啡的錢我們各自分攤。」

語氣那麼有禮，我自然不會生氣，馬上打開皮包找錢付給他。

這樣美麗的夜色裏，兩個年輕人在月光下分帳，實在是遺憾而不羅曼蒂克。

美國，美國，它真是不同凡響。

又有一天，我跟女友卡洛一同在吃午飯，我們各自買了夾肉三明治，她又叫了一盤「炸洋蔥圈」，等到我吃完了，預備付帳，她說：「我吃不完洋蔥圈，分妳吃。」

我這傻瓜就吃掉她剩下的。

算帳時，卡洛把半盤洋蔥圈的帳攤給我出，合情合理，我自然照付了。

這叫姜太公釣魚，願者上鉤，魚餌是洋蔥做的。

也許看官們會想，三毛怎麼老說人不好，其他留洋的人都說洋鬼子不錯，她淨說反話。

有一對美國中年夫婦，他們非常愛護我，本身沒有兒女，對待我視如己出，週末假日再三的開車來宿舍接我去各處兜風。

他們夫婦在山坡上有一幢驚人美麗的大洋房，同時在鎮上開著一家成衣批發店。

感恩節到了，我自然被請到這人家去吃大菜。

吃飯時，這對夫婦一再望著我笑，紅光滿面。

「三毛，吃過了飯，我們有一個很大的驚喜給妳。」

「很大的？」我一面吃菜一面問。

「是，天大的驚喜，妳會快樂得跳起來。」

我聽他們那麼說，很快的吃完了飯，將盤子杯子幫忙送到廚房洗碗機裏面去，再煮了咖啡出來一同喝。

等我們坐定了，這位太太很情感激動的注視著我，眼眶裏滿是喜悅的淚水。

她說：「孩子，親愛的，我們商量了好多天，現在決心收養妳做我們的女兒。」

「妳是說領養我？」我簡直不相信自己的耳朵。

我氣極了，他們決心領養我，給我一個天大的驚喜。但是，他們沒有「問我」，他們只對我「宣佈」他們的決定。

「親愛的，妳難道不喜歡美國？不喜歡做這個家裏的獨生女兒？將來——將來我們——我們過世了，遺產都是妳的。」

我氣得胃馬上痛起來，但面上仍笑咪咪的。

「做女兒總是有條件的啊！」我要套套我賣身的條件。

「怎麼談條件呢？孩子，我們愛妳，我們領養了妳，妳跟我們永遠永遠幸福的住在一起，甜蜜的過一生。」

「妳是說過一輩子？」我定定的望著她。

「孩子，這世界上壞人很多，妳不要結婚，妳跟著爹地媽咪一輩子住下去，我們保護妳。做了我們的女兒，妳什麼都不缺，可不能丟下了父母去結婚哦！如果妳將來走了，我們的財產就不知要捐給哪一個基金會了。」

這樣殘酷的領兒防老，一個女孩子的青春，他們想用遺產來交換，還覺得對我是一個天大的恩賜。

「再說吧！我想走了。」我站起來理理裙子，臉色就不自然了。

我這時候看著這兩個中年人，覺得他們長得是那麼的醜惡，優雅的外表之下，居然包著一顆如此自私的心。我很可憐他們，這樣的富人，在人格上可是窮得沒有立錐之地啊！

那一個黃昏，下起薄薄的雪雨來，我穿了大衣，在校園裏無目的的走著。我看著肅殺的夜色，想到初出國時的我，再看看現在幾年後的我；想到溫暖的家，再聯想到我看過的人，經過的事，我的心，凍得冰冷。

我一再的反省自己，為什麼我在任何一國都遭受到與人相處的問題，是這些外國人有意要欺辱我，還是我自己太柔順的性格，太放不開的民族謙讓的觀念，無意間縱容了他們；是我先做了不抵抗的城市，外人才能長驅而入啊！

我多麼願意外國人能欣賞我的禮教，可惜的是，事實證明，他們享受了我的禮教，而沒有回報我應該受到的尊重。

我不再去想父母叮嚀我的話，但願在不是自己的國度裏，化做一隻弄風白額大虎，變成跳澗金睛猛獸，在洋鬼子的不識相的西風裏，做一個真正黃帝的子孫。

初見蒙娜麗莎。

十三歲那年看過一本好書，叫做《諸神復活》。是位俄國作家，以十六世紀義大利「文藝復興時代」的社會背景寫出了偉大藝術家達文西的一生。事實上，達文西一生涉獵的知識探索極廣，美術只是他的部分而已。

看這本書的當時，家中掛著一張月份牌，就印著達文西的作品之一〈蒙娜麗莎的畫像〉。家裏人只當它是一份實用月曆，對於那張畫沒說什麼。只有我，只要燈下或黃昏經過那張畫，心裏總有些不自在。當時，蒙娜麗莎掛在鋼琴正上方，琴上又放了一個貝多芬闔上眼以後做出來的石膏模子。兩樣東西。

在我的家裏，藝術性的話題並無太多人可以溝通，畢竟是許多不同方向的人生活在一個叫做家的屋簷下。只有二堂哥，是個好將，跟他說什麼，也是懂的。那個怪人，選了音樂，懂的可不只是音樂。

每到黃昏，家中的孩子無論大房二房，都要練琴的——有的心甘，有的被迫。總之，那是我父親的堅持，他一生想望的就是：在他的四個孩子中，起碼有一個去做藝術家，另一個去做運動家。父親不堅持我得彈鋼琴，於是我選了黑管，實在吹不成氣候，就給迫上琴凳去了。

每天對著蒙娜麗莎彈琴，總會看看她。

有一天，跟二堂哥說：「這個女人詭異。」

二哥說他有同感。鬼氣怪重的。可是我們喜歡。

一直害怕蒙娜麗莎，覺著她的靈魂無所不在。那個眼神配上嘴角的微笑，加上左額頭和下巴的光影，再加身後那些並非實景的所謂風景，還有整張畫的色調，悠悠擱著的雙手，胸上部飽滿的那一片；這些細細碎碎的看法之外，再一遠觀，就又融合成一體、一境。那份安靜中沉潛的神秘之美便攝去了人的魂。無論甘不甘願，必被攝入。

有一陣，最怕的名畫就是它，只因為再沒有另一張畫中的人物，是如此「安靜的」向人呈現一份極為摸觸不著的巨大神秘。

後來，達達派的那些立論者，給蒙娜麗莎加了八字鬍，也無不可。達達畫派亦是接受的——那些對藝術的觀念。

後來慢慢長大了，這幅畫的複製可以說無處不在，總有許多機會看見它。而它，也成了一張生活中十分通俗的風景，看慣了也不很當它一回事了，漫不經心的。

一九六九年的夏天，因為馬德里大學文哲學院的課程都考及格了。其中「藝術史」是在柏拉圖美術館中去上的，自然看到了許多名畫真跡，覺得非常過癮。學期考試時，因為對於大畫家維拉斯蓋茲（Velazquez）畫的馬有些不好的評語，被教授幾乎當場掐死。總而言之，學校通過了，同時也在西班牙各省各地玩了個足夠，放假了，直然想往法國跑。

有一個同班同學，是德國人，政經味很濃的那種人，他要開車經過法國回西德去，要找人搭車共分汽油錢。我自然搶先去搭車子，可是講好一個條件：可得一路玩過去哦！不能穿過法國便算了，巴黎得留上十天才答應同去。

旅行是沒有預算的，父親聽說我要跑法國，就來信說：「讀書吃飯錢父親可以供給，旅行自己想辦法，不能支持。」

這個辦法很簡單，宿舍退掉，每天吃白水麵包，住小旅館，在巴黎用走路的——連地下車也不坐。鐵塔不付錢坐電梯，爬上去好了，這麼一來，費用也就挪出來了。

車子是同學的，開到一半破了胎，要兩人分錢買新輪胎，因為並無備胎，那是輛老爺破車。就因多花了一筆錢，眼看法國南部轉去梵谷住過的小鎮「日耳」就可以在眼前時，開車的朋友不肯繞路去。而我，生了一場氣，很悲傷看不到那幢黃屋子，朋友卻不動一絲憐憫之心。

就那麼不吃不喝的一口氣開到了巴黎。

已經晚上九點半了，累得已是瀕死，急著想找小旅館躺下休息，朋友卻將車子開到巴黎鐵塔下去，對著鐵塔太近，也沒看見什麼，只是看了些大架子，朋友稱了心，這下才在小巷小街裏找了一家極小的旅舍給人睡了。

第二天是星期天，朋友拿出地圖來，說要去拿破崙的墓，還有要去看《鐘樓怪人》那本小說裏的教堂。這個，我是同意的，可是先看墓實在沒有意思。

那時我的年紀小，不會管錢，錢都交給了那位德國同學。反正兩個人差不多窮，花費有限，由他支付一切費用，每天晚上結一次帳就好了。

就因為錢在他人口袋裏，我只好跟著走，不能亂跑。

已經在巴黎一個星期整了，什麼地方都走去了，走得筋疲力盡，而因為路太不熟，我的朋友車內又滿載了由西班牙運回德國的行李，他不肯在巴黎市內開車。

住在巴黎已經八天了，所謂羅浮宮一直沒有去。當然，花都可看的景色實在夠豐富，八天如何來得及看什麼？

那天早晨沒有吃什麼東西，我的朋友吃了一條好長的夾肉麵包和咖啡，我捨不得那個錢，就在路邊的水龍頭下喝了幾口水。

兩個人走在街上，為著羅浮宮起了劇烈的爭執。他，不知要去看一個什麼硬性的政治類的紀念碑，我「一定」要去羅浮宮。說著說著兩人罵了起來，我罵他一句：「政治動物」，他就走了，沒再帶著我。

那時，我猜是餓得太厲害了，胃揪著劇痛，也不去追，就在塞納河邊一棵樹下半躺半靠的倒下了。倒了半日，一直到中午，都沒有辦法——因為身上沒有半分錢。

巴黎是自由的，沒有人會見怪而怪，自然沒人上來問我做什麼躺在樹下。

等到下午三點多，我的朋友回來了，參觀過了，笑咪咪的回來，說：「好了！我們現在去羅浮宮。」當然，是用走的。那麼餓，還是不肯吃，要等到晚上才肯吃一頓，好睡得穩些。

一步一拖的不知走了多久，心裏著急羅浮宮要關門了，又走又小跑，有時路邊坐一下，拖到那個藝術的宮殿，才發覺是星期一。忘了，全世界的博物館之類，星期一是休息的。

朋友答應在巴黎十天的，表示第十天清晨就得起程往德國去，而我也跟去德國，為了慕尼黑的「現代美術館」和一家「玩偶收藏館」。同時，在慕尼黑得去應徵面試一個導遊的工作，預備暑假去地中海的馬約加島做導遊賺錢——那個蕭邦和喬治桑的海島。總之，不能不走了，而羅浮宮只得等到次日星期二才能去。

而我，「後期印象派美術館」也尚未去，一天去兩個地方如何來得及？

在旅館中，我跟朋友說，最後一日的巴黎，我要跟他分手，我去我的，他請隨意，於是分了錢，就去睡了。

再走到羅浮宮已是中午時分了，那時是夏初，氣候極美，早晚仍涼，正午是暖的。我脫了鞋子光腳走，也是快不了多少，而那時，那時連坐車的念頭都沒有過。

進了羅浮宮，發覺那麼大，分那麼多區參觀，實在急得要哭，掙扎了一下，買了少數幾區的票，看畫、看雕塑、看埃及的木乃伊。

時間不夠，大衛的古典畫不是沒見過，站在真跡面前，才知偉大的定義。尺寸那麼大，站在它們面前，突然不敢再忽視以前沒有深植在心的古典寫實。很羞慚，也慶幸自己看了真跡，還來得及修正一些過去錯誤的觀點。

呆了很久，真的呆了過去，等到回過神來，才從心裏喊了起來——蒙娜麗莎——

在羅浮宮內尋找蒙娜麗莎太容易了，只看那一條人龍排著的地方，就是她在。

藝術的東西，排隊看是不成的，那份後面人的壓力和等待，無法使人靜下來徘徊。更不能使人近觀、遠視、左看、右看，只因脫了隊就回不去。

很悲傷，很遺憾的夾在一群美國旅客裏一步一步進。

那個女人，神秘的女人，被放在一面玻璃的後面，前面隔了一段紅繩子的距離——不給人走過那個界線。如臨大敵一般的被保護著。而她，無視於一雙雙來往的眼睛，只是永恆的微笑著一個內心的秘密。

許多排隊的人在說話，說來說去都在猜想那朵微笑是什麼意思。當然，絕對有女遊客說當時蒙娜正在懷孕。

我儘可能不去聽身邊的喧譁，一步一近，就那麼將她由隊伍的盡處一直看到站在她面前。在她的面前，沒有人敢說一句分心的話。

是幅攝魂的好畫啊！跟大衛的東西又是不同的好。那份靜、美、深、靈，是整個宇宙磁場的中心。

是的，用了「磁場」這兩個字。

沒有法子以這支筆來形容蒙娜麗莎。她的神秘是一個磁場，達文西知道，蒙娜知道，我知道。世人也許不知道，可是那麼多的複製畫被翻印到全世界去，那麼多的藝術愛好者如此來往的觀察它，那麼多萬水千山的人站在真跡面前全心全意的注視著這幅畫。因為它本身的磁性，因為每個人再加賦進去的那「一霎的」強大念力，使得這幅畫的本質，已經成魔。

活的。世上唯一一張超越了藝術範疇的生靈，在這個女人的形象中吐露了靈界的信息。

後來，我被人輕推著走。走了，又去排隊，去了，再去排隊。看到體內一切的「能」都被吸空，還是不忍離開。

初去羅浮宮，那一個下午，就站在蒙娜麗莎的畫下度過。

我知道，來日方長，那不太可能是最後一次去羅浮，那只是今生的一個開始。果然，以後又去過了兩次，不過沒有再去會蒙娜麗莎。那個她，早已吸過我體內的磁場。初會的當日回去，體力上的感覺，就如被鬼吸去了人的精和神一般的累。

今天寫這篇文章，案前又放著蒙娜麗莎的複製畫，是昨夜因為要開始寫她，又去對著坐了一夜。當清晨的曙光透過窗簾照進房間來時，我將這張畫由燈下移到一方陽光下去放著。就算陽光也來了，仍然照不穿那朦朧畫境中的深幽。因著世上看她的人時日加深，她也就一日一日在磁力上更加壯大深厚。

而我，就如小時候彈鋼琴時對著這幅畫脫口而出的感覺，覺著這仍是一個美成詭異的女人。

蒙娜麗莎不能是一篇散文，能的是，去看畫吧！全心全意將靈魂交給那幅畫，然後體會出失魂落魄的那份靈性之美——如果你用心，她是會有這種魔力的。

最快樂的教室。

當我拿到那張學生證的時候，以為它只是註冊完畢之後的一種憑藉。後來發現，用它，坐車可以買減價車票，聽音樂會能夠半票而已。

西班牙馬德里大學是我遊學生涯中所進的第一所大學。

課表上教授「藝術」這一門的老師據宿舍的西籍女同學們告訴我，是名牌的。

進入文學院上課時，不是因為思想程度差，而是那些西班牙文實在艱難，使得剛開始的前三個月心情驚惶甚而沮喪。當然，用功得死去活來，念到三更半夜必然只想死。

那只是前半年而已，不久以後也就看到耕耘而來的收穫了。

前半年的「藝術」課比較起哲學和文學來說，畢竟仍是較容易的——我想說的只是在文字的領悟上，倒不是境界。

藝術課不必動筆畫畫，只是學著欣賞和分析，這個實在很合心意。起初，我們念的是建築。一個一個不同時代的建築形式、背景、特色和風格，都得知道。考試用一把尺和圓規就夠了，把各樣派別的建築大略畫出來，這是十二分有趣的功課。文法錯不扣分，圖解清楚正確就算對。而今，略略具備的一點點西方建築的常識是那個時候得來的珍寶。

我的前半年藝術課就是在啃各式廊柱、窗戶、屋頂、地基和浮塑裏度過，那真是快樂。比較起文學來，建築又是很不相同。它們那麼實實在在又堅固而且涵蓋著深廣的人文背景。

第二個半年開始了，教授提醒我們學生證的事情。一時，不很明白為了什麼，後來發覺藝術課原來並不只在學校內上課，改成去普拉多（Prado）美術館了。

馬德里的普拉多美術館據稱是世界上藏畫最多的一個美術館。例如說，巴黎的羅浮宮內，不只是藏畫，也收藏了其他的物品。而普拉多美術館中，畫卻是主要的，當然，還有雕塑。

發覺上課居然不在學校裏，真的呆掉了。

這不是經驗之內的事情。

中午，上完了文哲學院其他的課程，一路快跑回宿舍。當年，我住的是一種叫做「書院」的宿舍，天主教修女管理的。吃飯五個女孩子一桌，每餐必有雪白加花邊的檯布還有一瓶葡萄酒。上菜是一道一道正經八百來著的，十分閨閣味。中午吃飯可以穿長褲，晚餐就非得半禮服不可。這種生活教育，乍看好似矯情，可是到而今，喝哪一種酒用不錯哪一種杯子，卻是在那兒學來的。當然，學的不只是喝酒，還有極多生活中行為舉止上的文化。有時，精緻生活不是必要，知道些，總也沒有壞處。

就為著下午三點的藝術課，那頓由管家侍候吃飯的緩慢就成不了一種生活的情調了。總是喝完三五杯紅酒，胡亂吃些菜，趁著舍監不注意，悄悄開溜，甜點讓給同學們代吃。這一出宿舍，飛奔去公共車站，嘩一下給坐出大學城，坐車坐到郵政總局那個西比略斯大廣場下車，沿著普拉多林蔭大道快跑，跑過「麗池飯店」，那座美術館就在眼前了。

總是最早到的學生。

這麼活潑的大教室是捨不得立即進去的，館外的草坡上躺一下，吃一個甜筒冰淇淋，看看周遭形形色色打扮的遊客，偶爾和草坪上另外躺著曬太陽的陌生人胡扯一陣，這才慢吞吞的往入口處走去。

別人付入場券，我給驗個學生證，就進去了。

同學三三兩兩的來了，「裸體的瑪哈」前面自有館內白髮的管理人給我們排椅子。對著一張畫，閒閒坐著。館內陰陰涼涼的心裏安靜。不一會兒，我們叫他「藝術魔鬼」的名牌教授夾著一大捲不知為何老是帶來帶去的紙張書籍，大步走過來。

一張又一張畫，就是這麼一堂又一堂的分析出來。

是個極好的教授，在他的語言裏，最引人的除了知性的分析之外，看見了一種精神的美，而這種無形的精神之美，是一份對於藝術深入了一生的癡狂和研究。

那門課不難，一點也不難，教授說什麼，我的心都有呼應。而上課，教授站在畫的前方、右方、左方，甚而站在學生的背後，我們聽他的聲音，眼睛對著的是畫。

那時候，文學課在看《唐·吉訶德》，這本書用的西班牙語文是十六世紀，看得痛苦不堪，而近人烏拿慕諾的作品也得苦念。以當時的西班牙文程度來說，這除非奇蹟出現，是沒有可能看順的。哲學又在念聖多．多瑪斯的東西。知道他們的好，只是消化不進去。

只有藝術課，成了日常生活裏的一種期盼、情調和歡樂，還有那十足的信心。這不完全因為教授，這是因為我本身。

在那個快樂得冒泡泡的美術館裏，認識了大畫家哥雅（Goya）、葛列柯（El Greco）、維拉斯蓋茲（Velazquez）、波修（Bosch），當然還有許多許多國內比較不熟悉的宗教畫家。

後來，藝術課上成了一種迷藏，學校的文哲課都不肯去了，只借同學的筆記來抄。每天出了宿舍就往美術館走——不坐車。沿途看街景，經過路邊咖啡座，坐下來喝一杯酒，慢慢晃到館內，也不理有課沒課，死賴著不買票也就一樣進去——看門的人都認識我了。

因為美術館是校外的教室，逃了別的課，不過是又進了一幢大教室，內心十分安然，絲毫沒有罪惡感。

最常在的一層是哥雅黑色時期展列室和他一張一張小號的素描畫那兩間。

有時也不是只看畫，也交朋友的。那位看守陳列室的管理員，講起這一幅幅名畫來，頭頭是道。當我，聽說這位白髮先生一生的歲月就是伴著一幅一幅畫度過時，我來往的看著他的面容，說著這份生涯的時候，他的臉上流露出來的是一份說不出的恭敬、驕傲和光榮。

常常，生活在美術館裏，捨不得回宿舍去吃中飯。這中飯不很重要。晚飯之後宿舍就比較緊，偶爾夜間突襲查房，可是我們還是有方法等修女睡著了，爬牆出去跳舞。

不過，我是大半逃中午的，跟名畫約會去。

藝術老師越來越喜歡我，是又愛又恨的那種。

每當他講解告一段落，我總是一面記筆記一面順口講幾句跟他的評論不很吻合的感想。有一次教授衝過來掐我的脖子，當然不是真掐死的那種，他只是作勢而已。我知道；他知道我是懂的。

奇怪的是，回想起來，居然忘了教授的名字，我們一向只叫他「藝術魔鬼」這個綽號的。

美術館裏面除了陳列室之外，也有放東西的小房間。只有兩次，實在是累夠了，白髮的管理員帶我進了密室，有一個躺椅，是他們休息用的。我在裏面睡午覺，醒來赫然發覺牆角一張報紙大的靜物油畫在陰暗中放著，蹲下去看看畫框上釘的小銅牌，十六世紀的畫，畫家沒聽說過。是張安靜的好畫。

那一刻，起了壞心，想偷。沒有做，卻也因為這個念頭，嚇了自己一大跳。我猜那幅畫的漫不經心的放置，是西班牙人民族性裏太信任人才有的疏忽。

從小是一個厭惡教室的人，這種情形到了西班牙也改不了多少。總是覺得學問的傳授不能與生活脫節，一旦完全被關在教室裏念所謂學問的東西，到了某種時刻時，也是該當放出來和世界混一混才能融會貫通的。

每當我丟棄了其他的課程去美術館時，快樂得恨不能一路高唱著歌去，而心裏確實在唱：「如果電影院是教室／那麼美術館當然是更好的教室。對我對我／它是最願意去的地方……」

當時，不記得怎麼認識了一位日本同學，只記得是學外交的，被派到西班牙去深造語文。

他的西班牙文是在日本念的，發音很日本味，可是程度絕對優秀。這位男同學的筆記抄得扼要，字跡一板一眼，我就借來每夜邊抄邊讀，也有信心應付考試。

抄了一陣，情人節來了，這位好朋友半開玩笑的買了一盒雞心形狀的糖果，又說：「代轉送給妳的情人。課不上，天天亂跑，戀愛一樣的……」

我拿了那盒糖，當然捨不得吃，可是立即聯想到那位美術館中白髮蒼蒼的哥雅守衛者。也是那一陣心情一向極好，就笑問日本同學，去不去美術館玩呢？反正又不要門票的。同學上課時當然去的，日本人凡事認真，他是上哪一堂課就乖乖進哪一間教室的一種人。

那天沒有藝術課，可是兩個人一同跑去了。

因為從來沒有同伴一起去過，又生了頑皮心。我知道，美術館裏有輪椅免費出借——當時一共有四輛輪椅，而這個東西沒有使用過。

進了門，一定推那個同學去借輪椅，自己躲在好遠的一邊。同學不肯，我給他洗腦，說是演戲嘛，將來老了回憶起來多麼好玩等等。

於是，我突然坐在一輛輪椅上，下半身用脫下來的大衣蓋住，叫同學一間一間陳列室慢慢的推。經過認識我的看守人時，就跟他們眨一下眼睛，用手指放在嘴上做一個不許他們講話的表情。

哥雅的黑色時期畫在樓下，有電梯可以推了坐下去，等到我們繞了一圈，繞到那位半打瞌睡的看守人正對面時，才停了車，也不喊他，就等他來發現我。

當他發現我居然坐在輪椅上由一個東方人推著時，悄悄舉起手臂，一副不能相信的表情，張口結舌的樣子可像極了哥雅畫中那一張張無聲吶喊的人臉——美術館內，工作的人不能叫的。

等他驚夠了，這才一把拉開大衣站起來，手裏捧著那盒說明可以轉送的情人糖，大步朝他走去。

「聖．範侖汀快樂，祝你！」我對他說，雙手將糖交給這位好人。

「天哪！妳怎麼把輪椅騙到手的？」他悄悄的說。

我說我哪裏會去騙，是這位日本同學本事好大。講完又去坐在輪椅上，再叫人推，一面笑的跟白髮管理員輕輕揮一下手。

這種教室，再玩下去就快成為藝術魔鬼了。對於一些喜愛的畫，閉上眼睛，畫中人衣服上哪一條摺痕是哪一種光影都能出現在腦海裏。也不只是這些，這些是表相，而表相清楚之後，什麼內在的東西都能明白。那份心靈的契合，固然在於那是一個快樂的教室，也實在算是用功，也算是一大場華麗的遊戲。而我，主要還是本身的我，吸收美術精華的那份天賦，是不能否認的。

有趣的是，學期結束時，考試中最高分的居然又不是「藝術」那門課，而是「現代詩」。分析了安東尼奧．馬恰竇和加西亞．洛加的兩首詩，得了個好見解的好分數。

其實，因為看出那首加西亞．洛加的詩中有著極強烈的「畫境」，才能評論得比其他同學特出的。

拿到那張成績單，我由美術館中晃了一下出來，經過國會廣場附近的一座古老教堂，那日恰是定期演奏管風琴的時候。我走了進去，悄悄的靠在長椅上，將眼睛閉上，讓巴哈如同素菜一般的音樂浸透全身，浸到不知身在何處。

常常，因為對於美的極度敏感，使我一生做了個相當寂寞的人。

那些，最美、最深，那些，貼附在骨髓裏的藝術之愛，因為太深了，而使人失去了語言——因為語言配不上它們。

是一個快樂的教室。

是一個寂寞的人。

傾城。

一九六九年我住西柏林。住的是「自由大學」學生宿舍村裏面的一個獨立房間。所謂學生村，是由十數幢三層的小樓房，錯落的建築在一個近湖的小樹林中。

是以馬德里大學文哲學院的結業證書申請進入西柏林自由大學哲學系就讀的。在與學校當局面談之後，一切都似可通過了，只有語文一項的條件是零。學校要求我快速的去進「歌德語文學院」，如果在一年內能夠層層考上去，拿到高級德文班畢業證明書，便可進入自由大學開始念哲學。而宿舍，是先分配給我了。

「歌德學院」在德國境外的世界各地都有分校，那種性質，大半以文化交流為主，當然也可學習德文。在德國境內的「歌德」，不但學費極為昂貴，同時教學也採取密集快速方法，每日上課五六小時之外，回家的功課與背誦，在別的同學要花多少時間並不曉得，起碼我個人大約得釘在書桌前十小時。一天上課加夜讀的時間大約在十六、七個鐘點以上。當然，是極為用功的那種。別的同學念語文目的不及我來得沉重，而我是依靠父親伏案工作來讀書的孩子。在這種壓力之下，心裏急著一個交代，而且，內心也是好強的人，不肯在班上拿第二。每一堂課和作業一定要得滿分，才能教自己的歉疚感少一些。

苦讀三個月之後，學校老師將我叫去錄音，留下了一份學校的光榮紀錄；一個三個月前連德語早安都不會講的青年，在三個月的教導訓練之後，請聽聽語調、文法和發音的精準。那一次，我的老師非常欣慰，初級班成績結業單上寫的是——最優生。

拿著那張成績單，飛奔去郵局掛號寄給父母。茫茫大雪的天氣裏，寄完了那封信。我快樂得流下了眼淚，就是想大哭的那種說不出來的成就感。當然這裏又包含了自己幾乎沒有一點歡樂，沒有一點點物質享受，也沒有一點時間去過一個年輕女孩該過的日子，而感到的無可奈何與辛酸。那三個月，大半吃餅乾過日的，不然是黑麵包泡湯。

也不是完全沒有男朋友，當時，我的男友是位德國學生，他在苦寫論文，一心將來要進外交部。而今他已是一位大使了，去年變的，這是後話，在此不說了。

在德國，我的朋友自律很嚴，連睡眠時枕下都放著小錄音機，播放白日念過的書籍。他說，雖然肉體是睡了，潛意識中聽著書本去睡，也是會有幫助的。他不肯將任何一分鐘分給愛情的花前月下，我們見面，也是一同念書。有時我已經將一日的功課完全弄通會背，而且每一個音節和語調都正確，朋友就拿經濟政治類的報紙欄來叫我看。總而言之，約會也是念書，不許講一句閒話更不可以笑的。

約會也不是每天都可以的，雖然同住一個學生村，要等朋友將他的檯燈移到窗口，便是信號——妳可以過來一同讀書。而他的檯燈是夾在書桌上的那種，根本很少移到窗口打訊號。在那種張望又張望的夜裏，埋頭苦讀，窗外總也大雪紛飛，連一點聲音都聽不見。我沒有親人，那種心情，除了淒苦孤單之外，還加上了學業無繼，經濟拮据的壓力。總是想到父親日日伏案工作的身影，那一塊塊麵包吃下去，等於是喝父親的心血，如何捨得再去吃肉買衣？總是什麼物質的欲望都減到只是維持生存而已了。

因為初級班通過的同學只有四個，而其他十一個同學都不許升班，老師便問我想不想休息三個月。他也看見我過度的透支和努力，說休息一陣，消化一下硬學的語文，然後再繼續念中級班是比較合理的。

聽見老師叫我休息，我的眼淚馬上衝出來了。哪裏不想停呢？可是生活費有限，不念書，也得開銷，對自己的良知如何交代？對父母又如何去說？於是我不肯休息，立即進了中級德文班。

中級班除了課本之外，一般性的閱讀加重了許多，老師給的作業中還有回家看電視和閱報，上課時用閉路電視放無聲電影，角色由同學自選，映像一出來，我們配音的人就得立即照著劇情講德文配音——這個我最拿手。

「聽寫」就難了，不是書上的，不能預習，在一次一千多字有關社論的報紙文字聽寫考試中，一口氣給拼錯四十四個字。成績發下來，年輕的我，好比世界末日一般，放學便很悲傷，一奔到男朋友的宿舍，進門摔下考卷便大哭起來。那一陣，壓力太大了。

我的朋友一看成績，發現不該錯的小地方都拼錯了，便責備了我一頓。他也是求好心切，說到成績，居然加了一句——將來妳是要做外交官太太的，妳這樣的德文，夠派什麼用場？連字都不會寫。

聽了這句話，我抱起書本，掉頭就走出了那個房間。心裏冷笑的想——你走你的陽關道，我過我的獨木橋，沒有人要嫁給你呀！回到自己空虛的房間，長褲被雪溼到膝，趕快脫下來放在暖氣管上去烤。想到要寫家信，提起筆來，寫的當然是那場考壞了的聽寫，說對不起父母，寫到自己對於前途的茫茫然和不知，我停下了筆將頭埋在雙臂裏，不知再寫什麼。窗外冬日的枯樹上，每夜都停著一隻貓頭鷹，我一打開窗簾，牠就怪嗥。此生對於這種鳥的聯想有著太多寂寞的回憶，想起來便不喜歡。

每天晚上，修補鞋子是天快亮時必然的工作，鞋底脫了不算，還有一個大洞。上學時，為著踏雪，總是在兩雙毛襪的裏面包住塑膠袋，出門去等公車時，再在鞋子外面包上另一個袋子。怕滑，又用橡皮筋在鞋底鞋面綁緊。等到進了城內，在學校轉彎處，快碰到同學時，彎腰把外層的塑膠袋取下來。為了好面子，那脫了底的鞋總當心的用一條同色的咖啡色橡皮筋紮著，走起路來，別人看不出，可是那個洞，多少總滲進了雪水。進了教室立即找暖氣管的位置坐下來，去烤腳。雖然如此，仍是長了凍瘡。

同學們笑我為了愛美，零下十九度都不肯穿靴子。哪知我的腳尺寸太小，在柏林買不到現成的靴，去問定做價格，也不是一個學生所花費得起的。自然，絕對不向父母去討這種費用，家信中也不會講的。

那天考壞了，被朋友數落了一頓，都沒有使我真正灰心，寫家信也沒有，做功課也照常，只是，當我上床之前，又去數橡皮筋預備明天上學時再用時，才趴在床沿，放開胸懷的痛哭起來。

很清楚的記得，那是十二月二日，一九六九年的冬天。

那時候，學校說二十二日以後因為耶誕節，要放幾天的假，我跟一位同宿舍的男生約好，合出汽油錢，他開一半，我開一程，要由西柏林穿過東德境內，到西德漢諾瓦才分手，然後他一路玩玩停停去法國，車子由我開到西德南部一個德國家庭中去度節。我們講好是二十三日下午動身。

那時，由西柏林要返東德去與家人團聚的車輛很多，邊境上的關口必然大排長龍，別人是德國人，放行方便。我是中華民國的人，那本護照萬一臨時在關卡不給通過，就穿不過東德境內，而坐飛機去，又是不肯花機票錢的。

為了這事，那位與我同搭車的法國朋友心裏有些不情願，怕有了臨時的麻煩，拖累到他。那位朋友叫米夏埃。他堅持在旅行之前，我應該先跑到東柏林城那邊的東德政府外交部去拿過境簽證。如果不給，就別去了。說來說去，就是為了省那張飛機票錢才弄出這麼多麻煩的。

米夏埃不常見到我，總在門上留條子，說如果再不去辦，就不肯一同開車去了。我看了條子也是想哭，心裏急得不得了，可是課業那麼重，哪有時間去東柏林。課缺一堂都不成的，如果缺了一天，要急死的，實在沒有時間，連睡覺都沒有時間，如何去辦手續？

心裏很怕一個人留在宿舍過節，怕那種已經太冷清的心情。「中國同學會」不是沒有，可是因為我由西班牙去的，又交的是德國男朋友，加上時間不夠，總也不太接近，又有一種不被認同的自卑心理，便很少來往了。

那天，十二月二日，終於大哭特哭了一場。不過才是一個大孩子，擔負的壓力和孤寂都已是那個年齡的極限。坐得太久，那以後一生苦痛我的坐骨神經痛也是當時死釘在桌前弄出來的。而自己為什麼苦讀——雖然語文是我心摯愛的東西，仍然沒有答案。

第二天，十二月三日，也許因為哭累了，睡過了頭。發覺桌上的小鐘指著十點，又急得要哭。抓了書本就往車站跑，跑的時候，鞋子一開一合的，才知忘了紮橡皮筋。而左腿，也因為坐骨的痛壓到神經，變成一拐一拐的了。

知道第一堂課是完了，趕不上。想，想自己如此苦苦的折磨所為何來，想成了呆子。站在車站牌下，眼看著一次又一次的班車走過，都沒有上車。

逃課好了，凍死也沒什麼大不了，死好了，死好了。

沒有再轉車，摸摸身上的護照和二十塊美金的月底生活費，將書在樹叢雪堆裏一埋，上了去東柏林圍牆邊，可以申請進去的那條地下火車。

柏林本來是一個大城，英美法蘇在二次大戰後瓜分了它。屬於蘇俄的那一半，是被封了，一個城變為天涯海角，不過一牆相隔便是雙城了。

我下車的那個車站，在一九六九年是一個關卡，如果提出申請，限定當日來回，是可以過去的。而東柏林的居民卻不可以過來。

那個車站是在東柏林，接受申請表格的就是東德的文職軍人了。

我們的護照和表格在排了很久的隊之後，才被收去。收了便叫人坐在一排排的椅子上等，等擴音機內喊到了名字，又得到一個小房間內去問，問什麼我不明白，總之面露喜色的人出來，大半是准進東柏林去了。

等了很久，我坐著會痛，又不敢亂走，怕聽不見喊人的名字。那兒，有一個辦公室是玻璃大窗的，無論我如何在一拐一拐的繞圈子，總覺得有一雙眼睛，由窗內的辦公桌上直射出來，背上有如芒刺般的給釘著。

有人在專注的看我，而我不敢也看回去。

擴音機叫出我的名字來時，已是下午一點左右了。我快步跑進小房間，密封的那一間，沒有窗，裏面坐著一位不笑的軍官。請坐，他說。我在他對面坐了下來。軍官衣著很整齊，臉色不好，我一坐定，他便將那本護照向桌上輕輕一丟，說：「妳知道這本護照的意義嗎？」我說我知道。他聽了便說：「那妳為何仍來申請？我們不承認妳的，不但不承認，而且你們的政策跟南韓一樣。現在我正式拒絕妳的申請。」我看了他一眼，站起來，取回了護照，對他笑了一笑，說謝謝。那時的我，是一個美麗的女人，我知道，我笑，便如春花，必能感動人的——任他是誰。

已經走出了門，那位軍官是心動了，他很急的叫住了我，說：「妳可以去西柏林付十五塊美金，參加有導遊帶的旅行團，我給妳一個條子，這種護照也可以過去的。」

我說，我是要去你們東德的外交部，導遊會放人單獨行動嗎？再說，十五塊美金太貴了，我有，可是捨不得。說完我沒有再對那個人笑，就出來了。

決定逃學，決定死也可以，那麼不給過去東柏林也不是什麼大事，不去也就不去好了。時間，突然出現了一大段空檔，回宿舍，不甘願，去逛街，只看不買不如不去。於是哪兒也沒有去，就在那個車站裏晃來晃去看人的臉。

那面大玻璃窗裏仍然有一種好比是放射光線一樣的感應，由一個人的眼裏不斷的放射在我身上，好一會兒，他還在看我。

等我繞到投幣拍快照片的小亭子邊時，那種感應更強了。一回身，發覺背後站著一位就如電影《雷恩的女兒》裏那麼英俊迫人的一位青年軍官——當然是東德的。

「哦！你來了，終於。」我說。他的臉，一下子浮上了一絲很複雜的表情，但是溫柔。「晃來晃去，為什麼不回西柏林去？」我指了一下那個密封的審人室，說：「他們不給我進東柏林。」我們又說了一些話，說的是想先進去拿過境簽證的事。一直看他肩上的星，感覺這個軍官的職位和知識都比裏面那個審人的要高，而且他不但俊美，也有一副感人而燃燒的眼睛。這個人哪裏見過的？

事情很快解決了，中華民國護照東德不承認，給發了一張對摺的臨時證。上面要寫明身高、眼色、髮色、特徵等等——在填寫特徵時，我寫：牙齒不整齊。那叫它通行證的東西是白色的。說要拍張快照，我身上沒有零錢，那位軍官很快掏出了錢。一下子拍出來三張，公事用了兩張，另外一張眼看他放入貼心內袋，我沒說一個字，心裏受到了小小的震動，將眼光垂了下來。

排隊的人很長，一個一個放，慢慢的。那位幫我的軍官不避嫌的站在我的身邊，一步一步的移。我們沒有再說話。時光很慢，卻捨不得那個隊伍快快的動。好似兩個人都是同樣的心情，可是我們不再說話了。

等到我過關卡時，軍官也跟了過來。一瞬間，已站在東柏林這一邊了。淒涼的街上，殘雪仍在，路上的人，就如換了一個時光，衣著和步伐跟西柏林全不一樣了。

「好，我走了。」我說。那個軍官很深的看了我一眼，慢慢說了一句英文，他說：「妳真美！」聽了這句話，突然有些傷感，笑著向他點點頭，伸出手來，說：「五點鐘，我就回來。可以再見的。」他說：「不，妳進入東柏林是由這裏進，出來時是由城的另外一邊關口出去。問問路人，他們會告訴妳的。外交部不遠，可以走去。我們是在這一邊上班的人，妳五點回來時，不在我這裏了。」

「那，那麼我也走了。」我說。

我們沒有再握手，只互看了一眼，我微微的笑著。他，很深的眼睛，不知為什麼那麼深，教人一下子有落水的無力和悲傷。

就那麼走到外交部去，一面走一面問人，路上有圍著白圍巾的青年，一路跟著要換西柏林馬克或美金，隨便多少都可以。我不敢睬他，只是拒絕得難過。

都快下班了，才問到簽證的櫃檯，也不存希望給或不給，孤零零的心，只留在那個離別時教人落水的眼睛裏。

是東德，在東柏林的外交部，是一種夢境，很朦朧的倦和說不出的輕愁。那本護照——中華民國的，就如此繳了上去。

看護照的中年胖子一拿到，翻了三兩下，就向身後的同事叫嚷，說：「喂！來看這本護照呀！蔣介石那邊來的。」人都圍上來了，看我。我的心，仍在那雙眼睛裏。隨便人們如何看我，都很漠然。「蔣——介——石——嗯。」那位中年人嘆了口氣。

也是那日不想活了，也是多日不想活了，當他說到這句話，我就自殺似的衝出了一句：

「蔣介石，我還是他女兒呢！」

「真的?!」對方大叫起來。

他呆呆地看住我的名字，一念再念——陳、陳、陳……

「妳說老實話哦！」他說。我不說話，只是笑了笑。那雙眼睛，今朝才見便離了的眼睛，他說我真美麗，他用英文說，說成了他和我的秘密還有終生的暗號。

「妳姓陳，他姓蔣，怎麼會？」又問。

我反問他：「請問給不給東德的簽證嘛？」他說：「給、給、給……」急著嘩一下蓋了章，就成了事。

隔著櫃檯，我豎起了腳尖，在那中年胖子的臉上親了一下，說：「你真美，謝謝你。」然後，走了。

東柏林在展越南戰爭的照片，進去看了一下。那張，美軍提著越共的頭，踩在無頭屍體上，有若非洲獵象獵獸的成就感，在那個大兵的臉上開著花。沒有再看下去，覺得自己是一個亞細亞的孤兒。

去飯店吃了一頓魚排，付帳時，茶房暗示我——很卑微的那種笑，使我付出了不是過境時換的當地錢。有二十塊美金，給了十塊，每月生活費的十分之一。沒有等找錢，向那位老茶房笑笑，便走了。

經過一家書店，看見齊白石的畫，我一急，進去了，要人窗內拿下來，發現是印製的，不是原墨，就謝了走開。

街上行人稀少，有女人穿著靴子，那是我唯一羨慕的東西。

又走了很多路，累了，也渴，天在下午四點時已經暗了，可是這邊的城沒有太多燈光。問到了出關回西柏林的地方，關口很嚴也牢，是九曲橋似的用曲折牆建出來的，我猜是怕東邊的人用車子來闖關而設計的。

他們不給我回去，一直審問，問我那張白色的通行證如何得來的，為什麼會身上又有一本中華民國的護照藏著。又問來時身上報了二十美金，怎麼換了五塊美金的當地東德馬克仍在，而那另十五元美金只剩下了五塊一張。我說吃飯時付錯了。問是哪一家飯店，我答誰記得路。

他們不給我走。我急了，急得又不想活了，說：「你們自己發的通行證，去問放我過來的那個關卡。去問！打電話去問呀！好討厭的，也不去解決。」

不知過了有多久，我彎彎曲曲的走過了一道又一道關，門口站著來接的，是中午那個以為已經死別了的人。他在抽煙，看見我出來，煙一丟，跨了一步，才停。

「來！我帶妳，這邊上車，坐到第五站，進入地下，再出來，妳就回西柏林了。」他拉住我的手臂，輕輕扶住我，而我只是不停的抖。眼前經過的軍人，都向我們敬禮──是在向他，我分不清他肩上的星。

在車站了，不知什麼時刻，我沒有錶，也不問他，站上沒有掛鐘，也許有，我看不見。我看不見，我看不見一輛又一輛飛馳而過的車廂，我只看見那口井，那口深井的裏面，閃爍的是天空所沒有見過的一種恆星。

天很冷，很深的黑。不再下雪了，那更冷。我有大衣，他沒有，是呢絨草綠軍裝。我在拚命發抖，他也在抖，車站是空的了，風吹來，吹成一種調子，夾著一去不返的車聲。

沒有上車，他也不肯離去。就這麼對著、僵著、抖著，站到看不清他的臉，除了那雙眼睛。風吹過來，反面吹過來，吹翻了我的長髮，他伸手輕拂了一下，將蓋住的眼光再度與他交纏。反正是不想活了，不想活了，不想活了，不想活了……

「最後一班，妳上！」他說。我張口要說，要說什麼並不知道，我被他推了一把，我哽咽著還想說，他又推我。這才狂叫了起來——「你跟我走——」「不可能，我有父母，快上！」「我留一天留一天！請你請你，我要留一天。」我伸手拉住他的袖子，呀！死好了，反正什麼也沒有，西柏林對我又有什麼意義。

怎麼上車的不記得了。風很大，也急，我吊在車子踩腳板外急速的被帶離，那雙眼睛裏面，是一種不能解不能說不知前生是什麼關係的一個謎和痛。直到火車轉了彎，那份疼和空，仍像一把彎刀，一直割、一直割個不停。

那一夜，我回到宿舍，病倒下來，被送進醫院已是高燒三日之後才被發現的。燒的時候頭痛，心裏在喊，在喊一個沒有名字的人。

住了半個月的三等病房，在耳鼻喉科。醫生只有早晨巡視的時候帶了一群實習醫生來，探病的人一週可以進來一次。我的朋友念書忙，總是打電話給護理室，叫小姐來傳話問好，但人不來。

醫院的天井裏有幾棵大枯樹，雪天裏一群一群的烏鴉呱呱的在樹枝和地上叫。病房很冷，我包住自己，總是將頭抵在窗口不說什麼。同住一房的一位老太太，想逗我說話，走上來，指著窗外對我說：「妳看，那邊再過去，紅磚公寓的再過去，就是圍牆，東柏林，在牆的後面，妳去過那個城嗎？」

還給誰。

一九七一年的夏天，我在美國伊利諾州立大學。

不知是抵美的第幾個長日了，我由一個應徵事情的地方走回住處，那時候身上只剩下一點點生活費，居留是大問題，找事沒有著落，前途的茫然將步子壓得很慢，穿過校園時，頭是低著的。

遠遠的草坪邊半躺著一個金髮的青年，好似十分注意的凝望著我，他看著我，我也知道，沒有抬頭，他站起來了，仍在看我，他又蹲下去在草坪上拿了一樣什麼東西，於是這個人向我走上來。

步子跨得那麼大，輕輕的吹著他的口哨，不成腔調又愉快的曲子。

不認識走過來的人，沒有停步。

一片影子擋住了去路，那個吹著口哨的青年，把右手舉得高高的，手上捏著一枝碧綠的青草，正向我微笑。

「來！給妳——」他將小草當一樣珍寶似的遞上來。

我接住了，訝然的望著他，然後忍不住笑了起來。

「對，微笑，就這個樣子，嗯！快樂些……」他輕輕的說。

說完拍拍我的面頰，將我的頭髮很親愛的弄弄亂，眼神送過來一絲溫柔的鼓勵，又對我笑了笑。

然後，他雙手插在口袋裏，悠悠閒閒的走了。

那是我到美國後第一次收到的禮物。

小草，保留了許多年，才找不到了。那個人，連名字都沒有法子知道，他的臉在回憶中也模糊了，可是直到現在，沒有法子忘記他。

很多年過去了，常常覺得欠了這位陌生人一筆債；一筆可以歸還的債；將信心和快樂傳遞給另外一些人類。將這份感激的心，化作一聲道謝，一句輕微的讚美，一個笑容，一種鼓勵的眼神……送給似曾相識的面容，那些在生命中擦肩而過的人。

我喜愛生命，十分熱愛它，只要生活中一些小事使我愉快，活下去的信念就更加熱切，雖然是平凡的日子，活著仍然是美妙的。這份能力，來自那枝小草的延伸，將這份債，不停的還下去，就是生存的快樂了。

老兄，我醒著。

一九七一年的冬天，當時我住在美國伊利諾大學的一幢木造樓房裏。

那是一幢坐落在街角的房子，房子對面是一片停車場，右手邊隔著大街有一家生意清淡的電影院，屋後距離很遠也有人家，可是從來沒見人影。也就是說，無論白天或晚上，這幢建築的周遭是相當安靜的。

這幢老房子並不是大型的學生宿舍，一共三層樓加地下室。樓下，在中午時屬於大學教授們做俱樂部用，供應午餐，夜間就不開放了。二樓有一間電視室、一間圖書室以及一個小型辦公室，到了下午五點，辦公的小姐就走了。

多餘的房間一共可以容納十四個女學生，每人一間，住得相當寬敞也寂寞，因為彼此忙碌，很少來往。我們也沒有舍監。

記得感恩節那日是個「長週末」，節日假期加上週六週日一共可以休息四整天，宿舍裏的美國同學全部回家去了，中國同學除了我之外還有三個，她們也各有去處。我雖也被人邀請一同回家過節，卻因不喜做客拘束，婉謝了朋友的好心好意。

就這樣，長長的四整天，我住在一幢全空了的大房子裏——完全孤獨的。

也是那一天，初雪紛飛，遊子的心，空空洞洞。窗外天地茫茫，室內暖氣太足，在安靜得令人窒息的巨大壓迫下，落一根針的聲音都可以聽見。

我守住黃昏，守過夜晚，到了深夜兩點，把房門的喇叭鎖咔一下按下。我躺在床上，把窗簾拉開，那時，已經打烊的小電影院的霓虹燈微微透進室內，即使不開燈，還是看得見房間內的擺設。

躺下去沒有多久，我聽見樓下通往街上的那扇大門被人「呀」的一聲推開了——照習慣，那扇門總是不關的，二十四小時不鎖。

我以為，是哪一個同住的女學生突然回來了，並不在意。

可是我在聽。

進來的人，站在樓下好一會兒，不動。

然後，輕輕的腳步聲上了二樓，我再聽，上了三樓，我再聽，腳步向我的房門走來，我再聽——有人站在我的門口。

大概一分鐘那麼久，房外沒有動靜，我沒有動靜——我躺著——等。

我聽見有鑰匙插進我那簡單的門鎖裏，我盯住把手看，幽暗的光線中，那個門柄慢慢的正在被人由外面轉開。

不肯相信自己的眼睛，可是那把柄千真萬確的在轉動。

有人正在進來。

一個影子，黑人，高大、粗壯，戴一頂鴨舌帽，穿桔紅夾克、黑褲子、球鞋，雙手空著，在朦朧中站了幾秒，等他找到了我的床，便向我走來。

他的手半舉著，我猜他要捂我的嘴，如果我醒著，如果我開始尖叫。

當他把臉湊到我仰臥的臉上來時，透過窗外的光，我們眼睛對眼睛，僵住了。

「老兄，我醒著。」我說。

我叫他brother。

他沒有說話，那時，我慢慢半坐了起來。我可以扭亮我的床頭燈，不知為什麼，我的意念不許我亮燈。我聽見那個人粗重的喘息聲——他緊張，很緊張。

在這種時刻，任何一個小動作都可以使一個神經繃緊的人瘋狂，我不能刺激他。

「你不想說話嗎？」我又說。

他的雙手不放下來，可是我感覺到他放鬆了。他不說話，眼光開始猶豫。這一切，都在極暗的光線裏進行著。

「你坐下來，那邊有椅子。」我說。

他沒有坐，眼睛掃過我伸手可及的電話。

「我不會打電話、不會叫、不會反抗你，只請你不要碰我。要錢，請你自己拿，在皮包裏——有兩百塊現金。」我慢慢的說，儘可能的安靜、溫和、友善。

他退了一步，我說：「你要走嗎？」

他又退了一步，再退了一步，他一共退了三步。

「那你走了。」我說。

那個人點了點頭，又點了一下頭，又點了一下頭，他還在退，他快退到門口去了。

「等一下。」我喊停了他。

「你這個傻瓜，告訴我，你怎麼進來的？」我開始大聲了。

「妳的大門開著，鑰匙放在第十四號郵件格子裏，我拿了，找十四號房門——就進來啦！」這是那人第一次開口，聽他的聲音，我已了然，一切有關暴行的意念都不會再付諸行動。這個人正常了。

「那你走呀！」我叫起來。

他走了，還是退著走的，我再喊：「把我的備用鑰匙留下來，放在地板上。你走，我數到三你就得跑到街上去，不然——不然——我——」

我沒有開始數，他就走了。

我靜聽，那腳步聲踏過木板樓梯，嗒嗒嗒嗒直到樓下。我再聽，那扇門開了又合起來，我凝神聽，雪地上一片寂靜。

我跳起來，光腳衝到樓下，衝到大門，把身體撲上去，用盡了全身的氣力去壓那個鎖，我再往樓上跑，跑過二樓，跑到三樓自己的房間，再鎖上門。

我往電話跑去，拿起聽筒，一個女人的聲音立即回答我：「接線台，接線台，我可以幫助妳嗎？」

我發覺自己的牙齒格格在響，我全身劇烈的發抖好似一片狂風裏被摧殘的落葉，我說不出一句話，說不出一個字。

我把電話掛回去，跑到衣櫃裏面，把背脊緊緊抵住牆，用雙手抱住自己的兩肩，可是我止不住那骨頭與骨頭的衝擊。我一直抖一直抖，抖到後來，才開始如同一個鬼也似的笑起來——聽見那不屬於人的一種笑聲，我又抖、又抖、又抖……

你從哪裏來。

——鬧學記之一

當我站在註冊組的櫃檯前翻閱那厚厚一大疊課程表格時，已經差不多知道自己那種貪心的欲望為何而來了。

我儘可能不再去細看有關歷史和美術的課程，怕這一頭栽下去不能自拔。

當當心心的只往「英語課」裏面去挑，看見有一堂給排在中午十二點十五分，一次兩小時，每週三次。學費九十六塊美金一季。老師是位女士，叫做艾琳。至於她的姓，我還不會發音。

「好，我註這一門。」我對學校裏的職員說。

她講：「那妳趕快註冊，現在是十二點差一刻，繳了費馬上去教室。」

「現在就去上？」我大吃一驚，看住那人不動。

「人家已經開學十幾天了，妳今天去不是可以快些趕上嗎？」那位職員說。

「我還沒有心理準備。」我說。

「上學還要心理準備！不是妳自己要來的嗎？」那人說。

這時，我看了一下手錶，開始填入學卡，飛快的跑到另一個櫃檯去繳費，再跑回註冊組把收據送上。聽見那人對我說：「D幢二〇四教室就對了。」

我站在校園裏舉目望去，一個好大的D字掛在一幢三層樓的牆外。於是，在西雅圖冬季的微雨裏，往那方向奔去。

找到了二〇二，也找到了二〇六，就是沒有二〇四。抓了好幾個美國學生問，他們也匆忙，都說不曉得。

好不容易才發覺，原來我的教室躲在一個回字形的牆裏面，那回字裏的小口，就是了。

教室沒有窗，兩個門並排入口，一張橢圓形的大木桌佔據了三分之二的地方，四周十幾張各色椅子圍著。牆上掛了一整面咖啡色的寫字板，就是一切了。那不是黑板。

在空蕩無人的教室裏，我選了靠門的地方坐下，把門對面，我心目中的「上位」留給同學。

同學們三三兩兩的進來了，很熟悉的各就各位。就在那時候，來了一位東方女生，她看見我時，輕微的頓了那麼十分之一秒，我立即知道——是我，坐了她的老位子。

我挪了一下椅子，她馬上說：「不要緊，我坐妳隔壁。」她的英文標準，身體語言卻明顯的流露出她祖國的教養；是個日本人。

那時候，老師還沒有來。同學們脫帽子、掛大衣、放書本、拖椅子，一切都安頓了，就盯住我看個不停。

坐在桌子前端的一位女同學盯得我特別銳利。她向我用英文叫過來：「妳從哪裏來？」我說：「中國。」她說：「哪一個中國？」我說：「台灣。」她說：「台灣什麼地方？」我說：「台北。」她說：「台北什麼地方？」我說：「南京東路四段。」

這時，那個女同學，短髮、劉海、深眼窩、薄嘴唇的，站起來，一拍手，向我大步走來。我開始笑個不停。她必是個台北人。

她把那個日本同學推開，拉了一把椅子擠在我們中間，突然用國語說：「妳像一個人。可是——怎麼會突然出現在我們這種小學校裏呢？大概不是。我看不是——」

「隨便妳想了。」我又笑說：「等一下我們才講中文，妳先坐回去。」她不回去，她直接對著我的臉，不動。

這時候同學們大半到齊了，十二三個左右，女多男少。大家仍然盯住我很好奇的一句又一句：「妳是誰？妳從哪裏來？中國人？純中國人？為什麼現在才來……」

這全班都會講英語，也不知還來上什麼英語課。人種嘛，相當豐富。卻是東方人佔了大半，當然伊朗應該算東方。只個棕色皮膚的男生說是南美洲，巴西上來的。還有一個東歐人。

那時，老師進來了。

她的身體語言就是個老師樣子。進門大喊一聲：「嗨！」開始脫她的外套。這一看見我，又提高了聲音，再叫一聲——「嗨！」這一聲是叫給我的。我不習慣這種招呼法，回了一句：「妳好嗎？」

全班人這一聽，唏哩嘩啦笑得前俯後仰。

「哦——我們來了新同學。」老師說著又看了我一眼。她特別給了我一個鼓勵的微笑。

那時，我也在看她。她——

銀白色齊耳直髮、打劉海、妹妹頭、小花棗紅底襯衫、灰藍背心、牛仔過膝裙，不瘦不胖不化妝。那眼神，透出一種忠厚的頑皮和童心。溫暖、親切、美國文化、十分的人味。

我們交換眼光的那一霎間，其實已經接受了彼此。那種微妙，很難說。

「好！不要笑啦！大家把書攤出來呀——」老師看一下手錶喊著。我也看一下手錶，都十二點半了。

我的日本女同學看我沒有書，自動湊過來，把書往我一推，兩個人一起讀。

一本文法書，封面寫著：「經由會話方式，學習英文文法。」書名：《肩靠肩》。我猜另有一本更淺的必叫《手牽手》。

「好——現在我們來看看大家的作業——雙字動詞的用法。那六十條做完沒有？」老師說。

一看那本書，我鬆了一口大氣；程度很淺，就不再害怕了。

「好——我們把這些填空念出來，誰要念第一條？」

「我。」我喊了第一聲。

這時大半的人都在喊：「我、我、我……」

「好——新來的同學先念。」老師說。

正要開始呢，教室的門被誰那麼砰的一聲推開了，還沒回頭看，就聽見一個大嗓門在說：

「救命——又遲到了，真對不起，這個他媽的雨……」

說著說著，面對老師正面桌子的方向湧出來一大團顏色和一個活動大面積。她，不是胖。厚厚的大外套、雙手抱著兩大包牛皮紙口袋、肩上一個好大的粗繩籃子，手上掛著另外一個披風一樣的布料，臂下夾著半合的雨傘。她一面安置自己的全身披掛，一面說：「在我們以色列，哪有這種鬼天氣。我才考上駕駛執照，雨裏面開車簡直怕死了。前幾天下雪，我慘——」

我們全班肅靜，等待這個頭上打了好大一個蝴蝶結的女人沉澱自己。

她的出現，這才合了風雲際會這四個字。

那個女人又弄出很多種聲音出來。等她嘩嘆了一口氣，把自己跌進椅子裏去時，我才有機會看見跟在她身後的另一個女人。

那第二個，黑色短髮大眼睛，淡紅色慢跑裝，手上一個簡單的布口袋，早已安靜得如同睡鳥似的悄悄坐下了。她是猶太人，看得出——由她的鼻子。

「好——我們現在來看看雙字動詞——」老師朝我一點頭。

我正又要開始念，那個頭髮捲成一團胡蘿蔔色又紮了一個大黑緞子蝴蝶結的女人，她往我的方向一看，突然把身體往桌上嘩的一撲，大喊一聲：「咦——」接著高聲說：「妳從哪裏來的？」

那時，坐在我對面始終沒有表情的一位老先生，領先呀的一聲衝出來。他的聲音沙啞，好似水鴨似的。這時全班就像得了傳染病的聯合國一般，哈哈哈哈……哈哈哈哈……哈哈哈哈……

「好——不要再笑了。」老師喊。

我發覺，我們的老師有一句口頭語，在任何情況之下，她都只用一個方法來制止或開頭，那就是大喊一聲：「好——」

老師一指我，說：「好——妳來做第一題。」一聽到那個好字又出來了，我瞪住書本咯咯吱吱的抖得快抽筋。這時笑氣再度擴散，原先憋在全班同學胸口的那股氣，乘機爆發出來。

大家東倒西歪，教室裏一片大亂。

「好——今天我們那麼開心，課就先不上了。」

老師想必很怕熱，她把那件背心像用扇子似的一開一合的搧。這時大家喊：「不要上啦！不要上啦！」

「好——我們來自我介紹，新同學來一遍。」老師說。

我說：「不行，這麼一來你們認識了我，我又不認識你們。」

「好——」老師說，「全體舊同學再來一遍自我介紹，向這位新同學。然後，這位新同學再向大家介紹她自己。行不行？」

全班聽了，紛紛把文法課本啪啪的亂合起來，又弄出好大的聲音。

以前在開學第一天自我介紹過了的人，好似向我做報告似的講得精簡。等到那個不大肯有表情的米黃毛衣老先生講話時，全班才真正安靜了下來。

「我叫阿敏，是伊朗人，以前是老國王時代的軍官，後來政變了，我逃來美國，依靠兒子生活。」另外兩個伊朗同學開始插嘴：「老王好、老王好。」

對於伊朗問題，大家突然很感興趣，七嘴八舌的衝著阿敏一句一句問個不停。阿敏雖然是軍官，英文畢竟不足應戰，我我我的答不上話來。

那個伊朗女同學突然說：「我們還有一個壞鄰居——伊拉克，大混帳……」

全班三個伊朗人突然用自己的語言激烈的交談起來。一個先開始哭，第二個接著哭，第三個是男的阿敏，開始擤鼻涕。

我說：「我們中國以前也有一個壞鄰居，就是——」我一想到正在借讀鄰居的文法書，這就打住了。

老師聽著聽著，說：「好——現在不要談政治。新同學自我介紹，大家安靜。」

「我嘛——」我正要說呢，對面那個還在哭的女同學一面擦眼睛一面對我說：「妳站起來講。」

我說：「大家都坐著講的，為什麼只有我要站起來？」

她說：「我是想看看妳那條長裙子的剪裁。」

全班乘機大樂，開始拍手。

我站起來，有人說：「轉一圈、轉一圈。」我推開椅子，轉一圈。老師突然像在看西班牙鬥牛似的，喊了一聲：「哦類！」

我一聽，愣住了，不再打轉，問老師：「艾琳，妳在講西班牙文？」這時候，一個日本女同學正蹲在地上扯我的裙子看那斜裁功夫，還問：「哪裏買的？哪裏買的？」

老師好得意，笑說：「我的媽媽是英國移民，我的爸爸是墨西哥移民，美國第一個墨西哥民航飛機駕駛師就是他。」我對地上那個同學說：「沒得買，我自己亂做的啦！」

「什麼鬼？妳做裙子，過來看看——」那個紅頭髮的女人砰一推椅子，向我走上來——她口中其實叫我——妳過來看看。

「好——大家不要開始另一個話題。我們請這位新同學介紹自己。」老師說。

「站到桌子上去講。」那個還在研究裁縫的同學輕輕說。我回了她一句日文：「請多指教。」

「好——」我：「在自我介紹之前，想請教艾琳一個重要問題。」我坐了下來，坐在椅子上。

「好——妳請問。」老師說。

「我問，這個班考不考試？」我說。

老師沉吟了一下，問說：「妳是想考試還是不想考試呢？」她這句反問，使我聯想到高陽的小說對話。

「我不想考試。如果妳想考我試，那我就說再見，不必介紹了。」我說。

這一說，全班開始叫：「不必啦！不必啦！」

那個蝴蝶結正在啃指甲，聽到什麼考不考的，驚跳起來，喊說：「什麼考試！開學那天艾琳妳可沒說要考試——」

艾琳攤一攤手，說：「好——不考試。」

這一說，那個巴西男孩立即站起來，說：「不考？不考？那我怎麼拿證書？我千辛萬苦存了錢來美國，就是要張語文證書。不然，不然我做事的旅館要開除我了——」

蝴蝶結說：「不要哭，你一個人考，我們全部簽字證明你及格。」

巴西男孩不過二十二歲，他自己說的。老師走過去用手從後面將他抱了一抱，說：「好！你放心，老師給你證書。」

這才開始我的自我介紹了。教室突然寂靜得落一根針都能聽見。

我走上咖啡板，挑出一支黃色短粉筆，把筆橫躺著畫，寫下了好大的名字，寬寬的。

我說，在我進入美國移民局的當時，那位移民官問我：「妳做什麼來美國？」我跟他說：「我來等待華盛頓州的春天。」那個移民官笑了一笑，說：「現在正是隆冬。」我笑說：「所以我用了等待兩字。」他又說：「在等待的這四個月裏，妳做什麼？」我說：「我看電視。」

說到這兒，艾琳急著說：「妳的入境，跟英國作家王爾德有著異曲同工之妙。美國稅務官問王爾德有什麼東西要報關，王爾德說：除了我的才華之外，什麼也沒有。」這時幾個同學向老師喊：「不要插嘴，給她講下去呀！」

老師又擠進來一句：「他報才華，妳等春天。」

大家就噓老師，艾琳說：「好——對不起。」

「好——」我說：「我不是來美國看電視等春天的嗎？我真的開始看電視。我從下午兩點鐘一直看到深夜、清晨。我發覺——春天的腳步真是太慢了。」

我看看四周，同學們聚精會神的。

「我去超級市場——沒有人跟我講話。我去服裝店——沒有人跟我講話。我去公寓裏公共的洗衣烘衣房——有人，可是沒有人跟我講話。我去郵局寄信，我想跟賣郵票的人講話，他朝我身後看，叫——下一位。我沒有人講話，回到公寓裏，打開電視機，那個《朝代》裏的瓊考琳絲突然出現，向我尖叫——妳給我閉嘴！」

同學們開始說了：「真的，美國人大半都不愛講話，在我們的國家呀——」

老師拍拍手，喊：「好——給她講下去呀！」

我說：「於是我想，要找朋友還是要去某些團體，例如說教堂呀什麼的。可是華盛頓州太美了，大自然就是神的殿堂，我去一幢建築物裏面做什麼。於是我又想——那我可以去學校呀！那時候，我東挑西選，就來到了各位以及我的這座社區學院。」

一個同學問我：「那妳來西雅圖幾天了？」

我說：「九天。」

蝴蝶結慢慢說：「才九天英文就那麼會說了！不得了。」

這時候，大家聽得入港，誰插嘴就去噓誰。我只得講了些含糊的身世等等。

「妳什麼職業？」「無業。」

「妳什麼情況？」「我什麼情況？」「妳的情況呀！」「我的經濟情況？」「不是啦！」「我的健康情況？」「不是、不是，妳的情——況？」

「哦——我的情況。我結過婚，先生過世了。」

還不等別人禮貌上那句：「我很遺憾。」講出來，我大喊一聲：「好——現在大家都認識我了嗎？」

老師深深的看了我一眼，說：「各位同學看到了，我們得到了多麼有趣的一位新同學。」她吸一口氣，說：「好——我們現在把書翻開來，今天要講——虛擬式。」

這時候那個台北人月鳳一打桌子，叫道：「艾琳、艾琳，Echo是個作家，她在我們的地方出了好多書——」

老師不翻書了，說：「真的嗎？」

「真的、真的。」月鳳喊。

我說：「我不過是寫字，不是她口中那樣的。」

這時候，那個坐在對面極美的日本女同窗向我用手一指，說：「對啦——我在《讀者文摘》上看過妳抱著一隻羊的照片。老天爺，就是妳，妳換了衣服。」

老師忘掉了她的「虛擬式」，問說：「妳為什麼抱羊？在什麼地方抱羊？」

我答：「有一次，還打了一隻羊的耳光呢。」

教室裏突然出現一片羊聲，大家開始說羊。說到後來起了爭論，是澳洲的羊好，還是紐西蘭的羊毛多。

老師說：「好——現在休息十分鐘再上課。」

這一休息，我一推椅子，向月鳳使了一個眼色，她立刻會意，兩個人一同跑到走廊上去。我拉了她一把，說：「我們去樓下買書。快，只有十分鐘。」

那下一小時，並沒有上課，包括老師在內都不肯進入文法。就聽見：「那妳的國家是比美國熱情？」「那妳沒有永久居留怎麼躲？」「那妳原來還是頓頓吃日本菜呀？」「那妳一回去不是就要被殺掉了嗎？」「那妳先生在瑞士，妳留在這裏做什麼？」「那妳靠什麼過日子？」「那妳現在為什麼不轉美術課？」「那跟妳同居的美國朋友講不講什麼時候跟妳結婚？」「那這樣子怎麼成？」「那不如算了！」「那——」

下課時間到了，大家噼哩啪啦推椅子，還在說個沒完。下樓梯時又喊又叫又揮手：「後天見！後天見！」

我站在走廊上決不定回不回公寓。這時，老師艾琳走過我，她說：「妳剛才說不會發音我的姓，那沒關係。我除了丈夫的姓之外，還有一個本姓，叫做Vela。這是西班牙文。」

我笑看著她，用英文說：「帆。帆。帆船。」

「好——對了，我是一面帆。」她說：「親愛的，因為妳的到來，為我們的班上，吹來了貿易風。」

我說：「好——那麼我們一起乘風破浪的來航它一場冬季班吧！」

回到寂靜的公寓，我攤開信紙，對父母寫家書。寫著寫著，發覺信上居然出現了這樣的句子：「我發現，在國際同學的班級裏，同舟共濟的心情彼此呼應，我們是一群滿懷寂寞的類型——在這星條旗下。我自信，這將會是一場好玩的學校生活。至於讀英文嘛，那又不是我的唯一目標，課程簡單，可以應付有餘。我的老師，是一個充滿愛心又有幽默感的女士，在她給我的第一印象裏，我確信她不會體罰我。這一點，對於我的安全感，有著極大的安撫作用。」

想了一會，提筆再寫：「我的計畫可能會有改變。念完冬季班，那個春天來臨的時候，我想留下來，跟著老師進入校園的春花。你們放心，我從今日開始，是一個極快樂的美國居民。最重要的是，老師說——不必考試，只需遊戲讀書。競爭一不存在，我的心，充滿了對於生命的感激和喜悅。注意，我夏天才回來啦！」

又寫了一段：「這裏的生活簡單，開銷比台北那種人情來往省了太多。一季的學費，比不上台北任何英文補習班。經濟實惠，錢一下多出來了。勿念。」

我去郵局寄信，那位扶枴杖賣郵票的先生，突然說：「出了一套新郵票，都是花的。我給妳小額的，貼滿芳香，寄去妳的國家好嗎？」

這是一個美國人在西雅圖的衛星小城，第一次主動的對我講了一串話。我投郵，出了郵局，看見飄動的星條旗，竟然感到，那些星星，即使在白天，怎麼那麼順眼又明亮呢。

如果教室像遊樂場。

——鬧學記之二

當我的車子開進校園中去找停車位時，同學阿敏的身影正在一棵樹下掠過。我把車子鎖好，發足狂奔，開始追人，口裏叫著他的名字。追到阿敏時，啪的打他一下，這才一同往教室的方向走去。

上學不過三五次，對於這種學校生活已經著了迷。初上課時以為功課簡單，抱著輕敵的自在而去。每週幾堂課事實上算不得什麼，老師艾琳也是個不逼人的好傢伙。可是課後的作業留得那麼多，幾十頁的習題加上一個短篇小說分析，那不上課的日子就有得忙了。

我覺得，自己還是個很實心的人，文法填充每一條都好好寫，小說裏的單字也是查得完全瞭解才去教室。這樣認真的念書，雖然什麼目的也沒有，還是當它一回事似的在做，做得像真的一樣，比較好玩。

我在教室裏掛外套、放書籍，再把一大盤各色糖果放在桌上，這才對阿敏說：「剛才停車場邊的那隻松鼠又出來了，看到沒有？」

阿敏聽不懂松鼠這個英文字，我就形容給他聽：「是一種樹林裏的小動物，有著長——

長——毛——毛的尾巴，牠吃東西時，像這樣……」說著丟了一顆糖給六十歲的阿敏，接著自己剝一顆，做松鼠吃東西的樣子。阿敏就懂了。

這時第三個同學走進教室，必然是我們這三個最早到。伊朗女同學一進來就喊：「快點，拿來抄。」我把習題向她一推，她不講話，口裏咬著水果糖，嘩嘩抄我的作業。

在我們教室的玻璃門上，學校貼了一張醒目的告示，嚴重警告：「在這個區域裏，絕對禁止食物、飲料，更不許抽煙。」

上學的第一天，大家都做到了，除了那個頭髮上打大蝴蝶結的以色列同學阿雅拉。

阿雅拉念書時含含糊糊的，我問她：「妳怎麼了？」她把舌頭向我一伸，上面一塊糖果。我們的老師艾琳在第二節課時，開始斜坐在大家的橢圓形桌子上，手裏一罐「七喜汽水」。

當我發現老師的飲料時，心裏十分興奮，從此以後，每次上課都帶一大盤糖果。

彩色的東西一進教室，大家都變成了小孩子，在裏面挑挑揀揀的，玩得像真的一樣。老師對於糖果也有偏愛，上課上到一半，會停，走上來剝一顆紅白相間的薄荷糖，再上。於是我們全班念書時口裏都是含含糊糊的，可是大家都能懂。

在這個班上，日本女同學是客氣的，我供應每天三塊美金的甜蜜，她們就來加茶水和紙杯子。這一來教室裏每個人都有了各自的茶葉包。老師特別告訴我們，在走廊轉角處有個飲水機——熱水。就這樣，我們在那「絕對不許」的告示下做文盲，包括老師。

在我們的班上，還是有小圈圈的。坐在長桌兩端的人，各自講話。同國籍的，不肯用英文。害羞的根本很安靜。男生只有三個，都是女生主動去照顧他們，不然男生不敢吃東西。我的座位就在桌子的中間，所以左邊、右邊、對面、旁邊的同學，都可以去四面八方的講話。下了課，在走廊上抽煙時，往往只拉了艾琳，那種時刻，講的內容就不同。什麼亨利．詹姆斯，費滋傑羅，福克納，海明威……這些作家的東西，只有跟老師談談，心裏才舒暢。

上課的情形是這樣的：先講十分鐘閒話，同時彼此觀賞當日衣著，那日穿得特美的同學，就得站起來轉一圈，這時大家讚嘆一番。衣服看過了，就去弄茶水，如果當日老師又烘了個「香蕉蛋糕」來，還得分紙盤子。等到大家終於把心安定時，才開始輪流做文法句子。萬一有一個同學不懂，全班集中精神教這一個。等到好不容易都懂了，已經可以下課。

第二堂必有一張漫畫，影印好了的，分給同學。畫是這種的：畫著一個人躺在地上死了，旁邊警察在交談。其中一個警察的手槍還在冒煙。開槍的警察說：「什麼，一個遊客？我以為是個恐怖份子呢。」

遊客和恐怖份子這兩個字發音很接近，就給誤打死了，背景是影射蘇俄的那種俄式建築。同學們看了這張漫畫，都會笑一陣。不笑的屬於英文特糟的兩三個，大家又去把他們教成會笑，這二十分鐘又過去了。

接下來一同讀個短篇小說。

我在這短篇小說上佔了大便宜，是因為老師拿來給我們念的故事，我全部念過。雖然如此，絕對不會殺風景，把結局給講出來，甚而不告訴他人——這種故事我早就看過了。

看故事時大家像演廣播劇，每一小段由同學自動讀，每個人的瞭解程度和文學修養在這時一目了然。碰到精采的小說時，教室裏一片肅靜。

這些故事，大半悲劇結束。我們不甘心，要救故事主角。老師說：「文學的結局都是悲的居多，大家不要難過。」

有一天，我們又念著一個故事：書中一對結婚六十年的老夫婦，突然妻子先死了。那個丈夫發了瘋，每天在田野裏呼叫太太的名字。這樣，那老人在鄉村與鄉村之間流浪了三年，白天吃著他人施捨的食物，晚上睡在稻草堆裏。直到一個夜晚，老人清清楚楚看見他的太太站在一棵開滿梨花的樹下，向他招手。他撲了上去。第二天，村人發現老人跌死在懸崖下。那上面，一樹的花，靜靜的開著。

當我們讀完這篇二千字左右的故事時，全班有好一會兒不想講話。老師等了一下，才說：「悲傷。」我們也不吃糖、也不響、也不回答，各自出神。那十幾分鐘後，有個同學把書一合，說：「太悲了。不要上了。我回家去。」

「別走。」我說，「我們可以來修改結局。」

我開始講：「那村莊裏同時住著一個守寡多年的孀婦，大家卻仍叫她馬波小姐。這個馬波小姐每天晚上在爐火邊給她的姪兒打毛衣。在寂靜的夜晚，除了風的聲音之外，就聽見那個瘋老頭一聲一聲淒慘的呼喚——馬利亞——馬利亞——妳在哪裏呀——這種呼叫持續了一整年。那馬波小姐聽著聽著嘆了口氣，突然放下編織的毛衣袖子，打開大門，直直的向瘋老頭走去，上去一把拎住他的耳朵，大聲說：『我在這裏，不要再叫了，快去洗澡吃飯——你這親愛的老頭，是回家的時候了。』」

說完這故事，對面一個女同學丟上來一枝鉛筆，笑喊著：「壞蛋！壞蛋！妳把阿嘉莎·克莉絲蒂裏面的馬波小姐配給這篇故事的男人了。」

這以後，每念一個故事，我的工作就是：修改結局。老師突然說：「喂！妳可以出一本書，把全世界文學名著的結局都改掉。」

以後教室中再沒有了悲傷，全是喜劇結尾。下課時，彼此在雨中揮手，臉上掛著微笑。

沒多久，中國新年來了，老師一進教室就喊：「各位，各位，我們來過年吧！」

「什麼年哦——我們在美國。」我說。

「妳們逃不過的。說說看，要做什麼活動送給全班？」老師對著月鳳和我。

「給你們吃一盤炒麵。」我說。

大家不同意，月鳳也加了菜，大家還是不肯。最後，我說：「那我要演講，月鳳跟我一同講，把中國的年俗講給大家聽。」

「什麼——妳——」月鳳向我大喊，全班鼓掌送給她，她臉紅紅的不語了。

那一個下午，月鳳和我坐在學校的咖啡館裏，對著一張白紙。上面只寫了一個英文——祖宗。

「怎麼講？」月鳳說。「從送灶神講起。」我說。

「灶神英文怎麼講？」月鳳說。「叫祂們夫妻兩個廚房神好了。」我說：「不對、不對，還是從中國的社會結構講起——才給過年。」

兩個人說來說去，發覺中國真是個有趣而充滿幻想的民族。這一來，不怕了，只擔心兩小時的課，不夠講到元宵花燈日呢。

好，那第三天，我們跑到教室去過中國年。艾琳非常得意擁有月鳳和我這種學生，居然到處去宣傳——那學校中的老師們全來啦！

我跑上寫字板上，先把那片海棠葉子給畫得清楚，那朵海棠花——台灣，當然特別畫得大一點。

在擠滿了陌生人的教室裏，我拍一拍月鳳的肩膀，兩人很從容的笑著站起來。

開場白是中國古老的農業社會：春耕、夏耘、秋收、冬藏——大地休息。好啦！中國人忙完了一年，開始過節。年，是一種怪獸……

在聽眾滿眼元宵燈火的神往中，我們的中國新年告一段落。那十二生肖趴在寫字板上。同學拚命問問題：「我屬豬，跟誰好一點？」「那屬蛇的呢？屬蛇的又跟哪種動物要好？」

那些來聽講的老師們有些上來跟月鳳和我握手，說我們講活了一個古老的文明。

艾琳簡直陶醉，她好似也是個中國人似的驕傲著。她把我用力一抱，用中文說：「恭喜！恭喜！」我在她耳邊用西班牙文說：「這是小意思啦！」

月鳳跟我，在這幾班國際學生課程裏，成了名人。那些老師都去他們的班上為我們宣傳。

這種事情，實在很小家氣。土啦。

從月鳳和我的演講之後，班上又加了一種讀書方法——演說。人人爭著說。我們打招呼、看衣服、讀文法、塗漫畫、改小說、吃糖果、切蛋糕、泡茶水，然後一國一國的文化開始上演。

那教室，像極了一座流動的旋轉馬。每一個人騎在一匹響著音樂的馬上，高高低低的旋轉不停。我快樂得要瘋了過去。

「各位，昨天我去看了一場電影——《遠離非洲》。大家一定要去看，太棒了。」我一進教室就在亂喊。跑到牆上把電影院廣告和街名都給用大頭釘釘在那兒。又說：「午場便宜一塊錢。」

那天的話題變成電影了。

艾琳進門時，我又講。艾琳問我哭了沒有，我說哭了好幾場，還要再去看。

這一天下午，我們教室裏給吵來了一台電視機和錄放影機。以後，我們的課，又加了一種方式——看電影。

在這時候，我已經跑圖書館了，把《遠離非洲》這本書給看了一遍，不好，是電影給改好的。我的課外時間，有了滿滿的填空。吞書去了。

我開始每天去學校。

沒有課的日子，我在圖書館裏挑電影帶子看，看中國紀錄片。圖書館內有小房間，一個人一間，看完了不必收拾，自有職員來換帶子。我快樂得又要昏過去。

我每天下午在學校裏遊戲，餓了就上咖啡館，不到天黑不回家。於是，我又有了咖啡座的一群。

學校生活開始蔓延到外面去。那阿雅拉首先忍不住，下了課偷偷喊我，去參加她家的猶太人節慶。日本同學下了課，偷偷喊我，去吃生魚片。伊朗同學下了課，偷偷喊我，來家裏嚐嚐伊朗菜。南斯拉夫同學下了課，偷偷喊我，回家去聊天。巴西同學下了課，偷偷喊我——來喝巴西咖啡。月鳳下了課，偷偷喊我，給我五個糯米粿。

艾琳下了課，偷偷喊我——又來一本好書。

咖啡館的那一群散了會，偷偷喊我——我們今晚去華盛頓大學聽印度音樂再去小酒店。

我變成了一個偷偷摸摸的人，在西雅圖這陌生的城郊。

「我覺得自己好像一個賊。」在艾琳的辦公室門口，我捧著一杯咖啡對她說。艾琳笑看了我一眼，說：「哦，我在美國土生土長了一輩子，只有一個朋友。妳才來一個多月，就忙不過來。」

「妳也快要忙不過來，因為我來了。」我上去抱一下艾琳，對她說：「親愛的。」說完趕快跑。情人節快到了，要嚇她一次，教她終生難忘我們這一班。

「嘩，那麼美麗的卡片！」班上同學叫了起來。

「每人寫一句話，送給艾琳過情人節。」我說。

那張卡片尺寸好大，寫著——送給一個特別的人。全張都是花朵。誇張的。

「這種事情呀，看起來很無聊，可是做老師的收到這類的東西，都會深——受感動。」

「妳怎麼知道？」有人問。

「我自己也當過老師呀！有一年，全班同學給了我一張卡片，我看著那一排排名字，都哭吔！」我說。

大家上課時悄悄的寫，寫好了推給隔壁的。我們很費心，畫了好多甜心給老師，還有好多個吻。這種事，在中國，打死不會去做。

等到第二節上課時，一盒心形的巧克力糖加一張卡片，放在桌子前端艾琳的地方。

艾琳照例拿著一罐汽水走進來。

當她發現那卡片時，咦了一聲，打開來看，嘩的一下好似觸電了一般。

「注意！艾琳就要下雨了。」我小聲說。

同學們靜靜的等待老師的表情，都板著臉。

那老師，那《讀者文摘》一般的老師，念著我們寫的一句又一句話，眼淚嘩嘩的流下來。

「哦——艾琳哭了。」我們開始歡呼。

另一班的老師聽見這邊那麼吵，探身進來輕問：「發生了什麼事嗎？」

當她發現艾琳在站著哭時，立即說一聲：「對不起。」把門給關上了。她以為我們在整人。

這一回，艾琳和我們再度一同歡呼，大家叫著：「情人節快樂！情人節快樂！」

於是我們推開書本，唱向每一個同學，大家輕輕一抱，教室裏乒乒乓乓的都是撞椅子的聲音。抱到月鳳時，我們兩個中國人尖叫。

在咖啡館的落地大玻璃外，艾琳走過，我向她揮揮手，吹一個飛吻給她。她笑著，吹一個飛吻給我，走了。我下課也賴在學校，不走。

「那是我的好老師吔。」我對一位同桌的人說。他也是位老師，不過不教我的。我們同喝咖啡。

「你們這班很親愛啊。」這位老師說。

「特別親愛，不錯。」我說。

「我聽說，有另外一個英文老師，教美國文學的，比妳現在的課深，要不要下學季再去修一門？」這位物理老師說。

「她人怎麼樣？」我小心翼翼的問。

「人怎麼樣？現在就去看看她，很有學問的。」這位老師一推椅子就要走。

「等等，讓我想一想。」我喊著，可是手臂被那老師輕輕拉了一下，說：「不要怕，妳有實力。」

我們就這樣衝進了一間辦公室。

那房間裏坐著一位特美的女老師——我只是說她的五官。

「珍，我向妳介紹一位同學，她對文學的見解很深，妳跟她談談一定會吃了一驚的。」

我的朋友，這位物理老師彎著腰，跟那坐著不動不微笑的人說。我對這位介紹人產生了一種抱歉。

那位珍冷淡的答了一聲：「是嗎？」

我立即不喜歡這個女人。

「妳，大概看過奧．亨利之類的短篇小說吧？」她很輕視人的拿出這位作家來，我開始氣也氣不出來了。

「美國文學不是簡單的。」珍也不再看我們兩個站在她面前的人，低頭去寫字。

「可是，她特別的優秀，不信妳考她，沒有一個好作家是她不知道的。」那個男老師還要自找沒趣。

珍看了我一眼，突然說：「我可不是你們那位艾琳，我——是深刻的。我的班，也是深刻的。如果妳要來上課，可得早些去預排名單，不然——」

「不然算了，謝謝妳。」我也不等那另一個傻在一邊的物理老師，把門嘩一拉，走了。

在無人的停車場裏，我把汽車玻璃後窗的積雪用手鋪鋪平，慢慢倒下一包咖啡館裏拿來的白糖，把雪拌成台灣的清冰來吃。

那位物理老師追出來，我也不講什麼深刻，捧了一把雪給他，說：「快吃，甜的。」

「妳不要生氣，珍是傲慢了一點。」他說。

我回答他：「沒受傷。」把那捧甜雪往他脖子裏一塞，跳進車裏開走了。開的時候故意按了好長一聲喇叭。我就要無禮。

回到公寓裏，外面的薄雪停了。我跑到陽台上把雪捏捏緊，做了三個小小的雪人。遠遠看去，倒像三隻鴨子。

我打開航空信紙開始例行的寫家書。

寫著：「幸好我的運氣不錯，得了艾琳這樣有人性又其實深刻的一位好老師，雖然她外表上看去不那麼深。不然我可慘囉！下學季還是選她的遊樂場當教室，再加一堂藝術欣賞。不必動手畫的，只是欣賞欣賞。下星期我們要看一堂有關南斯拉夫的民俗采風幻燈片，怎麼樣，這種課有深度吧？再下一堂，是希特勒屠殺猶太人的紀錄電影。對呀！我們是在上英文呀！下雪了，很好吃。再見！情人節快快樂樂。」

春天不是讀書天。

——鬧學記之三

我早就認識了他，早在一個飄雪的午後。

那天我們安靜的在教室裏讀一篇托爾斯泰的短篇，阿雅拉拿起一顆水果糖從桌子右方彈向我的心臟部位。中彈之後，用眼神向她打過去一個問號，她用手指指教室的玻璃門。我們在二樓。

我用雙手扳住桌沿，椅子向後倒，人半仰下去望著走廊，細碎的雪花漫天飛舞著，這在西雅圖並不多見。

「很美。」我輕輕對阿雅拉說。

艾琳老師聽見了，走向玻璃，張望了一下，對全班說：「外面下雪了，真是很美。」

於是我們放下托爾斯泰，一同靜靜觀雪。

下課時，我跑到走廊上去，阿雅拉笑吟吟的跟出來，兩個人靠在欄杆上。

「親愛的，我剛才並不是叫妳看雪。」她說。

又說：「剛才經過一個男老師，我是要妳看他。」

「我知道妳講的是誰。索忍尼辛一樣的那個。」

「對不對？他嘛——妳也注意到了。」

我們的心靈，在那一霎間，又做了一次不必言傳的交流。阿雅拉太精采，不愧是個畫家。

阿雅拉順手又剝一顆糖，很得意的說：「在班上，只我們兩個特別喜歡觀察人。」

那個被我們看中的男老師，此刻正穿過校園朝我的方向走來。

我並不動，靜立在一棵花樹下已經好久了。

等他快走向另一條小徑時，我大聲喊出來：「哈囉！Paper Man。」

這個被我喊成「紙人」的人這才發現原來我在樹底下。他微微一笑，大步走上來，說：

「嗨！妳好嗎？」

「好得不能再好。」我笑說的同時，把頭髮拉拉，給他看，「注意，頭上肩上都是櫻花瓣，風吹下來的。」

「真的吔！」這位美國大鬍子這才讚嘆起來。

「這種事情，你是視而不見的。」我說。

「妳知道，我是只看印刷的——」他打打自己的頭，對我擠了一下眼睛，笑著。

他又要講話，我噓了他一聲，這時微風拂過，又一陣花雨斜斜的飄下來。

我沉浸在一種寧靜的巨大幸福裏。

「這使妳聯想到什麼？」這位朋友問我。

「你說呢？」我的表情嚴肅起來。

「莫非在想妳的前半生吧？」

「不是。」

我們一同走了開去，往另一叢櫻花林。

「這使我，想起了我目前居住的美國。」我接著說，「我住在華盛頓州。」又說：「這又使我想起你們的國父——華盛頓以及他的少年時期。」

「春天，跟國父有關嗎？」他說。

「跟他有關的是一棵櫻桃樹、一把鋸子，還有，在他鋸掉了那棵樹之後，那個沒有追著國父用棍子打的爸爸。」我一面走一面再說：「至於跟我有關的是——我很想問問你，如果說，在現代的美國，如果又有一個人——女人，也去鋸掉一棵櫻花樹——」

我們已經走到了那更大的一片櫻樹林裏，我指著那第一棵花樹，說：「譬如說——這一棵——」

我身邊守法的人大吃一驚，喊：「耶穌基督，原來——」

「原來我不是在花下想我的——新——愁——舊——恨——」我的英文不好，只有常用中國意思直譯過去，這樣反而產生一種奇異的語文效果，不同。

在春日的校園裏，一個中年人笑得顛三倒四的走開，他的背後有我的聲音在追著——「華盛頓根本沒有砍過什麼樹，是你們一個叫Ween的人給編出來的——」

當我衝進教室裏去的時候，同學們非常熱烈的彼此招呼。十幾天苦悶假期終於結束，春季班的開始，使人說不出有多麼的歡喜。

「妳哦，好像很快樂的樣子。」同學中的一位說。

「我不是好像很快樂。」我把外套脫下，掛在椅背上，「我是真的、真的好快樂。」

「為什麼？」

「春來了、花開了、人又相逢，學校再度開放，你說該不該？」

「Echo講出這幾句話來好像一首歌詞。」同學們笑起來。

「而且押韻——注意喔。」我唱了起來。

這一生，沒有一個學校、一個班級、一位老師，曾經帶給我如此明顯的喜悅，想不到，卻在美國這第四次再來的經驗裏，得到了這份意外的禮物。

是老師艾琳的功勞。

想到艾琳她就進來了。

全新的髮型、小耳環、新背心、臉上春花般的笑，使得我的老師成了世上最美的人。我從不去管人的年齡。艾琳幾歲，到底。

她一進來，先嗨來嗨去的看學生，接著急急的說：「各位，等下放學絕對不要快回家，你們別忘了到那些杏花、李花樹下去睡個午覺再走。」

果然是我的好老師，懂得書本以外時時刻刻的生活教育。她從來沒有強迫我們讀書。卻因為如此，兩個日本同學換了另一班。

她們說：「那個隔班的英文老師嚴格。」

我不要嚴的那位，我是艾琳這一派的。再說，她留下那麼重的作業我們也全做的，不須督促。

新來的學期帶來了新的同學和消息，艾琳說：「各位，學校給了我們這一班一個好漂亮的大教室，可以各有書桌，還有大窗，不過那在校分部，去不去呀？」

大家愣了一下，接著全體反對起來。

「我們圍著這張大會議桌上課，可以面對面講話，如果變成一排一排的，只看到同學的背後，氣氛就不親密了。」我說。

「校分部只是建築新，不像學校，倒像個學店。」

「說起商店，校分部只有自動販賣機，沒有人味的。」

「有大窗吔。」老師說。

「有了窗不會專心讀書，都去東張西望了。」

艾琳沉吟了一會兒，說：「好——那我們留在這個小房間裏。」

「對了——」全班齊聲說。

對了，班上去了幾個舊同學，來了兩個新同學，這一走馬換將，那句：「你哪裏來的？」

又開始冒泡泡。

當然，為著禮貌，再重新來一次自我介紹。

來的還是東方人，一男一女。

男的是劉傑克，夫婦兩個一起從台灣來的，太太做事，傑克開創電腦公司，他一個人來上個沒有壓力的英文課。

我觀察這位劉同學，立即喜歡了他。

我看一眼阿雅拉，她對我點一個頭。我們顯然接受這位和藹可親又樸樸素素的好傢伙。傑克合適我們班上的情調，步伐一致。而且有童心。

另外一位女同學，是東南亞中的一國人。

她略棕色，黑髮捲曲著長到腰部，身材好，包在一件黑底黃花的連身裙裏，手上七個戒指是她特別的地方。眼窩深，下巴方，鼻子無肉，嘴唇薄……是個好看的女人。

傑克有著一種不知不覺的自信，二十八九歲吧，活得自在怡然的。我猜他必然有著位好太太。

那位新女同學，英文太爛，只能講單字，不能成句子。這使她非常緊張。艾琳馬上注意到她的心態，就沒有強迫她介紹自己。她只說了她的來處。

第一堂課時，我移到這位新來的女同學身邊去，把書跟她合看，她的感激非常清楚的傳達到我心裏，雖然不必明說。

下了第一堂課，我拉她去樓下書店買教材，她說不用了。我看著她，不知沒有書這課怎麼上下去呢。

「我，來試試。」她說。

我突然明白了，其實班上的同學都是存心來上課的，雖然我們很活潑。而這一位女人，完全不是來念書的，她只是來坐坐。她連書都不要，不是節省，是還在觀望。

這位誰也懶得理的新同學跟我孤零零的坐著。她的不理人是一種身體語言的發散。說說話就要去弄一下肩上的長髮，對於本身的外貌有著一份不放心和戒備——她很注意自己——自卑。

雖然她講話不會加助動詞，這無妨我們的溝通，可是當我知道她住在美國已經十一年了，而且嫁給一個美國人已經十六年了時，還是使我吃了一驚。

「那妳先生講妳國家的話？」我問。

「不，他只講英語。」

說到她的丈夫，她不知不覺流露出一種自得。也許是很想在班上找個姐妹淘吧，她突然用高跟鞋輕輕踢了我一腳，那鞋子是半吊在腳上的，所謂風情。

這在另一個女人如此，我一定能欣賞，可是同樣半脫著鞋的她，就不高尚。

新同學說：「妳，找個美國老頭子嫁了，做個美國人，不好？」

我笑看著她不語。

她又說：「嫁個白人，吃他一輩子，難道不要？」

這幾句英文，她講得好傳神。

聽見她講出這種話來，我的眼前突然看到了那長年的越南戰爭、饑餓、死亡，以及那一群群因此帶回了東南亞新娘的美國人。

又上課了，阿雅拉一把將我拉過去，說：「那個女人妳別理她——廉價。」

「她有她的生長背景和苦難，妳不要太嚴。」

「我們猶太人難道不苦嗎？就沒有她那種下賤的樣子。」阿雅拉過分愛惡分明，性子其實是忠厚的，她假不來。

這個班級，只有我跟這位新同學做了朋友，也看過來接她的好先生——年紀大了些，卻不失為一個溫文的人。我誇她的先生，她說：「沒有個性，不像個男人。」

聽見她這麼衡量人，我默默然。

沒上幾次課，這位同學消失了，也沒有人再問起過她。至於傑克，他開始烘蛋糕來班上加入我們的遊樂場教室，大家寶愛他。

我終於看清楚了這可敬可愛的全班人，在相處了三個月之後。

阿敏不再來上學了，雖然過去是伊朗老王旗下的軍官，很可能為生活所迫，聽說去做了倉庫的夜間管理員。

南斯拉夫來的奧娃以前是個秘書，目前身分是難民。為著把她四年不見的母親接來美國相聚，她放棄了學業，去做了包裝死魚冷凍的工作。

這兩個棄學的人，本身的遭遇和移民，和政治有著不可分割的關係。在這種巨大的力量下，人，看上去變成如此的渺小而無力。看見他們的消失，我心裏怕得不得了。

「不要怕，妳看我們以色列人，是什麼都不怕的。」阿雅拉說。

我注視著那三五個日本女同學，她們那麼有守有分有禮又有自信。內心不由得對這個國家產生再一度的敬——雖然他們過去對中國的確有著錯失，卻不能因此把這種事混到教室的個人情感上來。

日本女同學的丈夫們全是日本大公司——他們叫做「會社」派駐美國的代表。她們生活安穩，經濟情況好，那份氣勢也就安然自在。我們之間很友愛的。

瑞恰也是個猶太人，她的黑短髮，慢跑裝，球鞋，不多說話，都在在表現出她內在世界的平衡和穩當。那永遠只穿兩套替換衣服的她，說明了對於本身價值的肯定。她的冷靜中自有溫柔，是腦科開刀房的護士。

阿雅拉同是猶太人，卻是個調色盤。從她每次更新的衣服到她的現實生活，都是一塊滾動的石頭。在她的人格裏，交雜著易感、熱忱、銳利、坦白、突破以及一份對待活著這件事情強烈的愛悅。越跟她相處、越是感到這人的深不可測和可貴，她太特殊了。卻是個畫家。

伊朗女同學仍是兩個。一個建築師的太太，上課也不放棄她那「孔雀王朝」的古國大氣，她披金戴鑽，衣飾華麗，整個人給人的聯想是一匹閃著沉光的黑緞繡著金線大花。真正高貴的本質，使她優美，我們很喜歡她。

講起她的祖國，她總是眼淚打轉。忍著。

另一位伊朗同學完全相反，她脂粉不施，頭髮用橡皮筋草草一紮，丈夫還留在伊朗，她帶著孩子住在美國。說起傷心事來三分鐘內可以趴在桌上大哭，三分鐘後又去作業邊邊上用鉛筆畫圖去了。畫得好似一種波斯畫上的男女，《夜鶯的花園》那種童話故事裏的神秘。雖然遭遇堪憐，卻因為本性的快樂，並沒有悲傷得變了人。

古托是唯一南美洲來的，深黑的大眼睛裏飽藏寂寞，不過二十多歲，背井離鄉的滋味正開始品嘗。好在拿到語文證書可以回去參加嘉年華會了。他是我們班的寵兒，不跟他爭的。

月鳳是個台北人，別跟她談歷史文學，跟她講股票她最有這種專業知識。那份聰明和勤勞，加上瘦瘦而細緻的臉孔，使人不得不聯想到張愛玲筆下那某些個精明能幹又偏偏很講理的女子。月鳳最現實，卻又現實得令人讚嘆。她是有家的，據說家事也是一把抓，精采。

日本同學細川，閱讀方面浩如煙海，要講任何世界性的常識，只有她。有一次跟她講到日本的俳句，不能用英文，我中文，她日文，筆談三天三夜不會談得完。在衣著和表情上，她不那麼絕對日本風味，她是國際的。在生活品味上，她有著那麼一絲「雅痞」的從容和講究，又是個深具幽默感的人。不但如此，金錢上亦是慷慷慨慨的一個君子。我從來沒有在日本人之間看過這麼出眾的女子。一般日本人，是統一化的產品，她不是。

班上總共十幾個同學，偏偏存在著三分之一的人，絕對沒法形容。他們五官普通、衣著普通、思想普通、表現普通，使人共處了快三個月，還叫不全他們的名字。

這是一種最適合做間諜的人們。怎麼看他們的樣子，就怎麼忘記。他們最大的優點，就在那驚人的堅持普通裏。

「我覺得我們這班太精采了。」我靠在門邊跟老師艾琳說話。

「的確很棒。」艾琳說，「可是，妳是那個團結全班感情的力量，要加上——妳，班裏面才叫好了。」

我笑著看她，說：「不是，是妳在我們裏面，才叫好了。」

「現在可以走了吧？」我問艾琳。

「我又沒有留妳。」艾琳說，「妳現在一個人去哪裏？」

我搖搖車鑰匙，說：「進城——Pike Place Market去玩。」那裏數百家小店，夠瘋了。

「祝妳快樂。」艾琳收拾雜物一同下樓。

我跑得好快，跑到老遠才回頭，高叫：「艾琳，我也祝妳快樂快樂。」

說起快樂，在春季班還沒註冊以前，阿雅拉找我，說：「有一門課叫做——快樂畫廊。我們三個，瑞恰、妳、我，下學季一起去修，好不好？」

我很驚訝居然存在這種保證學生心情的科目，跑到註冊組去查課目表，這才發現阿雅拉看英文字是有邊讀邊，沒邊念中間的。

那門課叫做「畫廊遊覽」。遊覽是我給想的中文，原意是由一個地方到另一個地方，並不停留太久。英文用了hopping這個字。阿雅拉把它看成happy，真是充滿想像力。

想像中全班十幾個人由老師帶了一家一家看畫廊，看完再同去吃一家情調午餐才散課，那必然非常快樂才是。於是我們三個就去註了冊，上了課。那不是國際學生班。

起初，我忍住那份疏遠而客氣的人際關係，五堂課以後，不去了。反正不去了。

那一班，不是真誠的班。藝術罩頂，也沒有用。假的。

「噢，做人真自由。」蹺課以後，我滿意的嘆了口氣。阿雅拉和瑞恰也不喜歡那堂課的一切，可是她們說，付了學費就得忍下來。我們彼此笑罵：「沒品味的、沒品味的。」也不知到底是放棄了叫做沒品位，還是堅持下去叫做沒品位。

說到堅持下去，除了我們這種不拿學分的同學之外，其他中國學生大半只二十多歲，他們或由台灣去、或由中國大陸去，都念得相當認真。表現第一流。

這種社區大學容不下雄心大志的中國青年，上個一兩年，就轉到那種名校去了。他們念書為的是更好的前途，跟我的沒有目的很不相同。

在這七八個中國同學裏，沒有懦弱的人。一群大孩子，精采絕倫的活著，那成績好不必說，精神上也是開開朗朗、大大方方的。

就這樣，北京來的周霽，成了我心摯愛的朋友。我老是那麼單字喊他——「霽——呀——」遠遠聽起來，就好似在叫——「弟——呀——」

弟的老師私底下跟我喝過一次咖啡，她說：「你們中國學生，特別特別優秀，無論哪一邊來的，都好得不得了。這個周霽絕不是個普通人，不信妳試試他。」

我不必試他，我知道。

春天來了，午後沒課的時候，霽的腳踏車被我塞進汽車後座，他和我這一去就去了湖邊。兩個人，在那波光閃閃的水影深處，靜下心來，誠誠懇懇的談論我們共同的民族。

在美國，我哭過一次，那事無關風月，在霽的面前，我溼溼的眼睛，是那份說不清楚的對於中華民族愛成心疼的刻骨。

跟霽交往之後，汽車的後座墊子永遠沒有了靠墊。我把靠背平放，成了小貨車，擺的是霽隨時上車的附屬品——他的單車。

春天來了，沒有人在讀書。

我們忽而趕場大減價，忽而趕場好電影。忽而碰到那東南亞來的女人跟著另一個美國老頭在買名貴化妝品——不是她的先生。我們匆匆做功課、快快買瓶飲料、悠悠然躺在草上曬太陽。

艾琳說，這才叫做生活嘛！熱門音樂大集會，艾琳買好票，興奮的倒數日子——再三天後的晚上，我要去聽我的兒子打鼓——他是一個音樂家，住在好萊塢。

我的日子不再只是下課捏雪人，我的日子也不只是下課咖啡館、圖書館，我脫離了那一幢幢方盒子，把自己，交給了森林、湖泊、小攤子和碼頭。

那種四季分明的風啊，這一回，是春天的。

在咖啡館裏，我再度看見了那位「紙人老師」。他的每一個口袋裏都有紙片，見了人就會拿出來同讀。那種摺好的東西，是他豐富知識的來源。他的行蹤不出西雅圖。

「妳還想砍樹嗎？」他笑問著我。

「現在不想了。」我笑說：「倒是湖邊那些水鴨子，得當心我們中國人，尤其是北京來的。」

紙人老師大笑起來，哈哈哈哈，弄得安靜的咖啡館充滿了假日的氣息。

「北京烤鴨？」他說。

「怎麼樣？我們去中國城吃？」我把桌子一拍。

「妳不回家嗎？」他說。

「你、我什麼家？都沒家人的嘛！」

於是，紙人也大步走了。在那一次的相聚裏，我們不知為什麼那麼喜歡笑，笑得瘋子一般都沒覺得不好意思。噯，都中年了。咦——都中年了嗎？

回到住的地方，做好功課，活動一下僵硬的肩膀，我鋪開信紙，照例寫家書。

寫下「爸爸、媽媽」這四個字之後，對著信紙發呆，窗外的什麼花香，充滿了整個寂靜的夜。一彎新月，在枝枒裏掛著。

我推開筆，口中念念有詞，手指按了好多個數目——電話接通了。

媽媽——我高喊著。

台灣的媽媽喜出望外，連問了好多次——好不好？好不好？

「就是太好了呀！忍不住打電話來跟妳講，可以比信快一點。」我快速的說：「春天來了妳都不知道是什麼樣子都是花海哦也不冷了我來不及的在享受什麼時候回來還不知道對呀我是在上課呀也有用功呀不過還來得及做別的事情呀我很好的好得不得了都穿涼鞋了不會凍到別擔心我……」

我先走了。
——鬧學記之四

那天我剛進教室才坐下，月鳳衝進來，用英文喊了一句：「我爸爸——」眼睛嘩的一紅，用手蒙住了臉。月鳳平日在人前不哭的。

我推開椅子朝她走去。

「妳爸怎麼了？」我問。

「中風。」

「那快回去呀——還等什麼？」

月鳳在美國跟著公公婆婆，自己母親已經過世，爸爸在台北。

說時艾琳進門了，一聽見這消息，也是同樣反應。一時裏，教室突然失去了那份歡悅的氣息，好似就要離別了一般。

那一天，我特別想念自己的父母，想著想著，在深夜裏打電話給月鳳，講好一同去訂飛機票，一同走了。畢竟，我還有人子的責任。

就決定走了，不等學期結束。

「什麼哦——妳——」阿雅拉朝我叫起來。

「我不能等了。」我說。

「妳爸也沒中風，妳走什麼？」同學說。

我的去意來得突然，自己先就呆呆的，呆呆的。

快樂的日子總是短促的，躲在心裏的枷鎖不可能永遠不去面對處理。我計畫提早離開美國，回台灣去一個月，然後再飛赴西班牙轉飛迦納利群島——去賣那幢空著的房子了。

這是一九八六年五月中旬。

學校其實並不小，只是在我們周遭的那幾十個人變成很不安——月鳳要暫時走了，帶走了他們的朋友Echo。

阿雅拉和瑞恰原先早已是好朋友，連帶她們由以色列派來美國波音飛機公司的丈夫，都常跟我相聚的。

這匆匆忙忙的走，先是難過了那二十多個連帶認識的猶太朋友。他們趕著做了好多菜，在阿雅拉的家裏開了一場惜別會。

我好似在參加自己的葬禮一般，每一個朋友，在告別時都給了我小紀念品和緊緊的擁抱，還有那一張張千叮萬嚀的地址和電話。

細川慎慎重重的約了月鳳和我，迎到她家中去吃一頓中規中矩的日本菜。我極愛她。

齋聽到我要走，問：「那妳秋天再來不來？那時候，我可到華盛頓州立大學去了。」

我肯定以後為了父母的緣故，將會長住台灣。再要走，也不過短期而已。我苦笑著替我的

「弟」整整衣領，說：「三姐不來了。」

一個二十歲的中國女孩在走廊上碰到我，我笑向嬌小的她張開手臂，她奔上來，我抱住她的書和人。她說：「可是真的，妳要離開我們了？」說著她嗚嗚假哭，我也嗚的哭一聲陪伴她，接著兩人哈哈笑。

奧娃也不知聽誰說的我要走了，請了冷凍工廠的假，帶著那千辛萬苦從南斯拉夫來的媽媽，回到學校來跟我道別。

在班上，除了她自己，我是唯一去過奧娃國家的人。兩人因此一向很親。

巴西的古托用葡萄牙文喚我——姐，一再的說明以後去巴西怎麼找他。在班上，我是那個去過亞馬遜大河的人。在巴西情結裏，我們當然又特別些。

傑克中文名字叫什麼我至今不曉得，卻無妨我們的同胞愛。他說：「下回妳來西雅圖，我去機場接。」

我笑說：「你孤單單給乖乖留著，艾琳是不會欺負你的。別班可說不定。」

伊朗那大哭大笑的女同學留下一串複雜的地址，說：「我可能把孩子放到加州，自己去土耳其會晤一次丈夫。也可能就跟先生回伊朗。妳可得找我，天涯海角用這五個地址連絡。」

一群日本女同學加上艾琳，鬼鬼祟祟的，不知在商量什麼。

我忙著打點雜物，東西原先不多，怎麼才五個多月，竟然如此牽牽絆絆。一發心，大半都給放下了，不必帶回台灣——尤其是衣服。

決定要走之後，月鳳比較鎮定了，她去忙她的瑣事。畢竟月鳳去了台北還有人情禮物不得不周到。她買了好多東西。

就算這樣吧，我們兩人的課還是不願停。

艾琳一再的問：「上飛機前一天的課妳們來不來？」

我和月鳳都答：「來。」

「一定來？」同學們問。

「一定來，而且交作業。」我說。

艾琳問我，要不要她寫一張證明，說我的確上過她的班級而且認真、用功等等好話。

我非常感謝她的熱忱，可是覺得那實在沒有必要——「人，一生最大的事業，不過是放心而已。」我不再需要任何他人的證明了。

在離開美國四天以前，我在學校老師中間放出了消息——迦納利群島海邊花園大屋一幢，連家具出售，半賣半送。七月中旬買賣雙方在那遙遠的地方會面交屋。

幾個老師動了心，一再追問我：「怎麼可能？海景、城市夜景、花園、玻璃花房、菜園，再加樓上樓下和大車庫，才那麼點錢。」

我說：「是可能。當一個人決心要向那兒告別時，什麼價都可能。」

為著賣一幢千萬里之外的房子，我在美國的最後幾天鬧翻了學校十分之一的老師們。

最後，每一個人都放棄了，理由是：「我們要那麼遠的房子做什麼？」

我知道賣不成的，可是卻因此給了好幾個美國家庭一場好夢。

要去學校上那對我來說是「最後的一課」的那天，我在桌子上查好生字、做完全本英文文法——包括還沒有教的、整理清所有的上課筆記，再去買了慣例三塊美金的糖果，這才早早開車去了學校。

咖啡館裏圍坐了一桌親愛的同胞手足加同學。我們都是中國人，相見有期。沒有人特別難過。

霽是唯一大陸來的，他凝神坐著，到了認識我快半年的那一天，還說：「不可思議。不可思議。」

我知當年他在大陸念醫學院時，曾是我的讀者。而今成了我的「弟」呀，還沒弄明白這人生開了什麼玩笑。

坐了一會兒，一個中國同學踢了我一腳，悄悄說：「妳就過去一下，人家在那邊等妳好久了。」

我抬眼看去，那個紙人老師一個人坐在方桌前，面前攤著一堆紙，在閱讀。

我靜悄悄的走向他，拉開椅子坐了下來。

「明天走，是嗎？」他笑著。

「明天中午。」我說。

「保持連絡。」他說。

「好。」我說。

我們靜坐了五分鐘，我站了起來，說：「那麼我們說再見了。」

他推開椅子也站了起來，把我拉近，在我的額頭上輕輕一吻。我走了。

霽的接待家庭裏的主婦，也是學校的職員唐娜，又跟我換了一個角落，在同樣的學校咖啡館裏話別。我們很少見面，可是看見霽那麼健康快樂的生活在美國，就知道唐娜這一家給了他多少溫暖。

「謝謝妳善待他。」我說。

「也謝謝妳善待他。」唐娜說。

我們擁抱一下，微笑著分開。我大步上樓，走進那真正屬於我的教室。這一回，心跳加速。

這一回，不再是我到得最早，全班的同學早都到了。我一進門，彼此尖叫。

那個上課寫字的大桌子居然鋪上了檯布。在那優雅的桌巾上，滿滿的菜啊——走遍世界吃不到——各國各族的名菜，在這兒為月鳳和我擺設筵席。

「哦——」我嘆了口大氣，「騙子——你們這群騙子，難怪追問我們來不來、來不來。」我驚喜的喊了起來。

「來——大家開始吃——世界大同，不許評分。」

我們吃吃喝喝、談談笑笑、鬧鬧打打，沒有一句離別的話。至於月鳳，是要回來的。

傑克的蛋糕上寫著月鳳和我的名字。太愛我們了，沒烤對，蛋糕中間塌下去一塊。大家笑他技術還不夠，可是一塊一塊都給吞下去了，好快。

最後的一課是我給上的，在寫字板上留下了台灣以及迦納利群島的連絡地址。這一回，寫下了全名，包括丈夫的姓。同學們才知我原來是葛羅太太，在法律上。

寫著同樣顏色的黃粉筆，追想到第一次進入教室的那一天，我也做著同樣的事情。時光無情，來去匆匆——不可以傷感呀，天下哪有不散的筵席，即使千里搭長棚。

下課鐘響起了，大家開始收拾桌子，一片忙亂。阿雅拉沒有幫忙，坐著發愣。

「好了，再見。」我喊了一聲就想逃。

艾琳叫著：「不——等等。」

「妳還要幹什麼？」我抖著嘴唇問她。

艾琳拉起了身邊兩位同學的手，兩位同學拉住了我和月鳳的手，我們拉住了其他同學的手。我們全班十幾個人緊緊的拉成一個圓圈圈。

我在發抖，而天氣並不冷。

艾琳對我說：「月鳳是可以再相見的，妳——這一去不返。說幾句話告別囉——」

那時阿雅拉的眼淚瀑布似的在面頰上奔流。我好似又看見她和我坐在她家的草坪上，用小剪刀在剪草坪。我又聽見她在說：「我生一個孩子給妳，妳抱去養，我給妳我和以撒的孩子。」為了她那一句話，我要終生終世的愛她。

我再看了一眼這群親愛的同學和老師，我努力控制自己的聲音，我的心狂跳起來，喉嚨被什麼東西卡住了，我開始慢慢的一句一句說——

看我們大家的手，拉住了全世界不同民族的信心、愛心，以及和平相處的希望。

在這一個班級裏，我們彼此相親、相愛。這，證明了，雖然我們的生長背景全然不同，可是卻都具備了高尚的人格和情操。也因此，使我們得到了相對的收穫和回報。

艾琳，是一位教育家，她對我們的尊重和愛，使得我們改變了對美國的印象。我深深的感謝她。

我們雖然正在離別——中國人，叫做「分手」，可是內心儘可能不要過分悲傷。讓我們把這份歡樂的時光，化為永遠的力量，在我們遭遇到傷痛時，拿出來鼓勵自己——人生，還是公平的。

如果我們記住這手拉手、肩靠肩的日子，那麼世界大同的理想不會再是一個白日夢。注意，我們都是實踐者，我們要繼續做下去，為了愛、為了人、為了世界的和平。

最後，我要感謝我們的小學校 Bellevue Community College。沒有它，沒有我們的好時光。

再見了，親愛的同窗，不要哭啊——阿雅拉。好——現在，讓我們再來歡呼一次——春來了、花開了、人又相逢、學校再度開放——萬歲——

飛機在一個豔陽天裏升空，我聽見有聲音在問我：「妳會再來嗎？」

我聽見自己在回答：「這已是永恆，再來不來，重要嗎？」

三毛一生大事記。

- 本名陳平，浙江定海人，一九四三年三月二十六日（農曆二月二十一日）生於四川重慶。
- 幼年期的三毛即顯現對書本的愛好，小學五年級時就在看《紅樓夢》。初中時幾乎看遍了市面上的世界名著。
- 初二那年休學，由父母親自悉心教導，在詩詞古文、英文方面，打下深厚的基礎。並先後跟隨顧福生、邵幼軒兩位畫家習畫。
- 一九六四年，得到文化大學創辦人張其昀先生的特許，到該校哲學系當旁聽生，課業成績優異。
- 一九六七年再次休學，隻身遠赴西班牙。在三年之間，前後就讀西班牙馬德里大學、德國哥德書院，在美國伊利諾大學法學圖書館工作。對她的人生歷練和語文進修上有很大的助益。
- 一九七〇年回國，受張其昀先生之邀聘，在文大德文系、哲學系任教。後因未婚夫猝逝，她在哀痛之餘，再次離台，又到西班牙。與苦戀她六年的荷西重逢。
- 一九七四年，於西屬撒哈拉沙漠的當地法院，與荷西公證結婚。
- 在沙漠時期的生活，激發她潛藏的寫作才華，並受當時擔任聯合報主編平鑫濤先生的鼓勵，作品源源不斷，並且開始結集出書。第一部作品《撒哈拉的故事》在一九七六年五月出版。

● 一九七九年九月三十日，夫婿荷西因潛水意外事件喪生，三毛在父母扶持下，回到台灣。

● 一九八一年，三毛決定結束流浪異國十四年的生活，在國內定居。

● 同年十一月，聯合報特別贊助她往中南美洲旅行半年，回來後寫成《千山萬水走遍》，並作環島演講。

● 之後，三毛任教文化大學文藝組，教〈小說創作〉、〈散文習作〉兩門課程，深受學生喜愛。

● 一九八四年，因健康關係，辭卸教職，而以寫作、演講為生活重心。

● 一九八九年四月首次回大陸家鄉，發現自己的作品，在大陸也擁有許多的讀者。並專誠拜訪以漫畫《三毛流浪記》馳名的張樂平先生，一償夙願。

● 一九九〇年從事劇本寫作，完成她第一部中文劇本，也是她最後一部作品《滾滾紅塵》。

● 一九九一年一月四日清晨去世，享年四十八歲。

● 二〇〇〇年七月三毛遺物入藏國立文化資產保存研究中心籌備處。現址為台南市中西區中正路一號國立台灣文學館。

● 二〇〇〇年十二月在浙江定海成立三毛紀念館，由杭州大學旅遊研究所教授傅文偉夫婦籌劃。

● 二〇一〇年《三毛典藏》新版由皇冠出版。

● 二〇一六年十月二十六日三毛作品《撒哈拉歲月》西班牙版與加泰隆尼亞版，於西班牙出版。

● 二〇一六年十二月二十日國立台灣文學館出版《台灣現當代作家研究資料彙編．89．三毛》。

● 二〇一六年至二〇二〇年三毛書出版九國不同翻譯版本。

● 二〇一七年四月二十日中國大陸浙江省舉辦「三毛散文獎」決選及頒獎典禮。

● 二〇一九年美國《紐約時報》（New York Times）推文介紹這位被遺忘的作家三毛，同年Google於三月二十八日選取三毛為華人婦女代表。

● 二〇二一年《三毛典藏》逝世30週年紀念版由皇冠出版。

國家圖書館出版品預行編目資料

快樂鬧學去 / 三毛作 . -- 二版 . -- 臺北市 : 皇冠，2021.01 ; 面 ; 公分 . --（皇冠叢書 ; 第 4905 種)(三毛典藏 ; 04）
ISBN 978-957-33-3652-5（平裝）

863.55 109020548

皇冠叢書第4905種
三毛典藏 4
快樂鬧學去

作　　者—三毛
發 行 人—平雲
出版發行—皇冠文化出版有限公司
台北市敦化北路120巷50號
電話◎02-27168888
郵撥帳號◎15261516號
皇冠出版社(香港)有限公司
香港銅鑼灣道180號百樂商業中心
19字樓 1903室
電話◎2529-1778　傳真◎2527-0904
總 編 輯—許婷婷
責任編輯—謝恩臨
美術設計—嚴昱琳
著作完成日期—1988年
二版一刷日期—2021年1月
二版二刷日期—2022年9月
法律顧問—王惠光律師
有著作權・翻印必究
如有破損或裝訂錯誤，請寄回本社更換
讀者服務傳真專線◎02-27150507
電腦編號◎003204
ISBN◎978-957-33-3652-5
Printed in Taiwan
本書定價◎新台幣300元/港幣100元

• 三毛官方網站：www.crown.com.tw/book/echo
• 皇冠讀樂網：www.crown.com.tw
• 皇冠Facebook：www.facebook.com/crownbook
• 皇冠Instagram：www.instagram.com/crownbook1954
• 小王子的編輯夢：crownbook.pixnet.net/blog